新潮文庫

これはペンです

円城　塔著

新潮社版

9911

目次

これはペンです

これはペンです

This is a pen.

1

叔父は文字だ。文字通り。

だからわたしは、叔父を記すための道具を探さなければならない。普通の道具を用いる限り、文字は叔父とはならないから。彼は文字のくせに人間なのだ。ペンを用いて叔父を書き、それが文字となるならば、いや勿論（もちろん）これは逆なのであり、ペンを用いて文字を書き、それが叔父となるならば、他の文字まで母やら祖父やらいうものなのだとなりかねない。それは困る。面倒だ。面倒なので困ってしまう。家族が文字なら、わたしも文字かも知れなくて、それならそれでいいのだけれど、じゃあこの手記は誰が書いているのかということになる。もっともそんな文字のプランを、叔父は手紙で検討している。とうの昔に。姪宛ということで気を使ったか、奇妙に可哀い便箋にこう記している。

「姪‥わたしは今、こうして綴りはじめた手紙が、自分で勝手に書かれるものであったならと考えている。なにより便利じゃなかろうか。この手紙は、まるで叔父の手によって書かれたように君には見える。でもこれは手紙が書いた叔父の手紙で、君はそれを叔父が書いたのだろうなと考えている。叔父はいかにもそんな手紙を書きそうな奴だと君はとっくに知っているから。でもその叔父は手紙の書いた叔父であってわたしではない。そんな手紙をいつか君に向けて書けたならと思う‥叔父」

　叔父はわたしを姪と呼ぶ。名前ではなく関係で呼ぶ。わたしが生まれて少しして海を渡って行ってしまったので、実際に会った記憶はない。母によればもう大変に可哀がられたということなのだが、以来お前はあれに感染してしまっているのだ迂闊であったと恨む様子だ。写真を大層嫌ったとかで本当の顔は今も知らない。姉にあたる母と似ているという。母からすれば、わたしの顔は母には似ていないのだが、叔父には似ているということであり、ちょっと何かが絡まっている。ただ単に、わたしは男らしすぎると言われているだけの気もする。

「あれは」

奇妙な男なのだと、母はまるで物を指すように言う。本当のところ奇妙なのかも自分にはよくわからないのだけれどと続ける。あれは何事も一人で考え続ける性質であり、口を開いても何を言うのかわからない。その口から流れ出るのは日本語なのに意味はとれない。突然脈絡のないことを語り出しては、手前勝手に心得顔で頷いている。これはどうしたものかと扱いかねているうちに、なんとかというかんとかをどうとかして、海を渡って行ったのだという。人は意味を覚えるのであり、意味のとれない連なりは通常、音としても記憶しにくい。

ほれ、と言い、それ、それ、と母は言う。なんでも偉い人間だと他人様からは言われるのだが、叔父の偉さというのを摑めずにいる。

「それは君の叔父さんが開発した方法で書かれた論文だよ」

大学で、わたしは何度もそう言われる。

何かを書くのは、書かせるのは、叔父の趣味だ。

自動的に書かれる文章。その不思議な研究分野で叔父は一個の有名人だ。

「機械が文章を書くんだよ」

わたしは母に何度か説明を試みてきた。花柄の散るランチョンマットに、くるくると図を描いたりしながら。わたしの記す矢印だらけの無味乾燥な概念図に、母は遠くを見つめる目をする。傍らに猫の顔など描いてみると露骨に頬を緩めたりして、アルファベットを横に添えると顔をそむける。犬の絵あたりで母の注意をひきつけながら、ながら、わたしは切り出す。

「それで、ええと機械がね」

「馬鹿馬鹿しい」

と母は応える。声には人を馬鹿にするではないとの腹立ちが含まれている。そう言われても、本当なのだ。レジスターは巻紙に買い物の記録を刻むし、銀行のATMは預金の残高を通帳へ記し、葉書の上の宛先だってプリンターから吐き出されるのに。

「そんなのは、書くなんていうものじゃない」

母は言うのだ。

「ラジオだって喋らない」

そう、哲学的なことを言うわけである。

「勝手にお喋りするラジオをつくってるようなものだよ」

「馬鹿馬鹿しい」

と母は言うのだ。その点については否定をするつもりはないが、それでも叔父が、この世の隅で二、三目置かれる存在なのには変わりがない。純然たる悪戯としか言いようのない仕業でもって資産を築きこの世のどこかで自適している。わたしへの教育のつもりなのかどうなのか、一方的に手紙を送りつけてくる。投函元は様々だ。

自動生成。機械生成。機械で生成された論文を学術誌に投稿しては、それらが掲載されたのち種を明かす論文を出した。御丁寧にも、その論文も機械によって自動的に生成されたのだという解説を、これみよがしに脚注へつけた。

それが叔父のやった仕事の一つだ。やったというか仕出かしたとでも言いたくなる。機械によって書かれた論文。論文を書く機械についての論文。そうしてまた、論文を書く機械についての論文を書く機械。そういうものを書いた人なんだよとわたしは言い、やめて頂戴と母は遮る。お前の説明は単調に目を増やしながら広がっていく編み物みたいで、ちっともわかった気分になれやしないし役に立たない。母が叔父を理解できない理由の一つは、わたしが叔父のことをきちんとわかっていないことに起因すると母は続けて、つまりお前がきちんと叔父を翻訳できていないせいであると言う。自分にもわからないことを説明しようとするのでそうなる。その通りだとわたしも思う。

　そうして斬って捨てるわりには、急に萎れてしみじみ続ける。

「あれに付き合っておくれね」

　母は決まってそう締める。

　可哀そうな子なんだよと言う。

「あんなにわけのわからないことばかり言い続けて、それでいっぱしの顔をしているらしいけれど、誰にもわからないことを言い続けて何の得があるものかね。世間様が面白がってくれている間は良いけれど、わけのわからないことになんてみんなが飽きてしまったら、あの子は何をどうして食べていく気か、わたしは本当に心配であるし、飽きてしまった」

ほんのかすかに目尻を濡らしてそう言ったりする。

お母さん、叔父さんのしていることは別にそんなに、絶望的にわからないってものじゃあないんだよ。わたしはできればそう応えたい。性質の悪い冗談として、ちょっと行きすぎた悪戯として、なんだか不思議な技術として、叔父さんの仕事を面白がっている人がこの世の中にはいるのだから。しかしわたしはそう言わない。どこの誰が面白がっているのか具体的に示せと母に詰め寄られる光景が浮かぶので。たとえ名前を挙げたとしても、そいつらも頭でっかちの徒食の輩に違いないと決めつけられるに決まっているから。

「わたしには、あの子のことがわからないから、せめてお前がわかってあげてね」

歳の離れた弟を、母はあの子と呼んでいる。あるいは単にあれと呼ぶ。

論文自動生成は、叔父の余芸だ。

そう奇天烈なものではなくて、既存の論文を切り貼りしてはもっともらしい形に整え、投稿する。

「ああ、ソーカルですね」

と言われることも多いのだけれど、少し違う。アラン・ソーカルはごりごりの物理学の研究者で、もっともらしい物理学の専門用語をちりばめて現代思想っぽい飾りつけを施した意味のない論文をでっちあげ、思想系の専門誌へと投稿してみせた人物だ。これが見事に受理されてしまったおかげでひと悶着が持ち上がってから二十年。科学の用語が適当な理解と自由すぎる連想のもとに思いつきで利用されることへの警鐘としてそんな悪戯に踏み切ったのだと言われている。わたしがまだ、ケージの中で叔父から贈られたアルミ製の正十二面体などを振り回しつつ、ばぶばぶ言っていた頃のお話だから随分古い出来事だ。

　ことの仔細はともかくとして、ソーカル自身はその作業を手で行った。ある分野の専門家には荒唐無稽なものと見え、ある分野の専門家には一見意味を持つような文章を作り上げたということだから、書く技術として捉えるぶんには、一種の名人芸に属すると言える。

　叔父が興味を持ったのは、そんな論文が掲載されてしまう業界の状況がどうこうといった七面倒くさい話ではなく、ごくごく素朴にそんな論文をいかに効率よく作り出すかという方法だった。ソーカルの書いた論文が審査を通過したのは、なにはともあれ、それが論文らしく見えたからには違いない。その点、不謹慎さの度合いがまだまだ足りぬと叔父は思った。ふざけ切った内容を結局真面目に書くのなら、そいつは真面目な仕事であるにすぎない。ソーカルは勿論、とても真面目な人なのだろうけれど。

　ふざけたものであるならば、ふざけたやり方でつくられるべきではないかということだ。いっそ機械的に大量に、自動的に書いてしまえば良いのではとなる。海を渡った叔父はまず、そんな戯れごとへと注力した。時はあたかも、一般市場へのコンピュータの拡散期。原子爆弾の設計のため、ビルの一画を占めた巨大な鉄とワイヤーと真空管の塊が五十年の歳月をかけ、机の下に収まる小箱となって電器屋の店先にぞろぞろ並ぶようになった時期。手書きがタイプライターにとって代わられ随分と経ち、文章がコンピュータ上のエディタで編集されるようになってきた時期。

疑似論文生成プログラム。

コンピュータの内部を走る規律正しい電子の群れが、規則に従い文字を並べる。

馬鹿げているとある人は言い、そんなのはできて当たり前だとある人は言う。サイエンティフィックなフィクションなのかと問う人があり、曖昧な笑みを浮かべてやり過ごそうとする人がある。そもそも興味を持てない人に、日常的な技術でありすぎ、どこが不明なのかわからない人。確実なのは、自動的な文章生成が実現されるようになってから、もはや随分と時間が経ってしまっているということ。今やソーカルというのも一つの名前にすぎなくて、高校生が戯れに切り貼りしてみた論文が査読を通過してしまい、ニュースとして流れることも珍しくない。ニュースにするにもありふれてしまった気配すらある。

だから〝疑似論文生成プログラム〟という語は、性格判断の具として利用が可能だ。性格というか性質だろうか。その語を聞いた反応から、相手がどんな世に暮らしているのか判断をする手掛かりとなる。賢ぶった奴の嫌味であるとか、笑えない妄想だとか。理系の冗談にはつきあいきれないとか友人たちにも様々言われる。今そこに存在していて現に活動さえしているものを、冗談だとか妄想だとか呼ぶためには、より大きな冗談なり妄想なりが必要だから、この世は大きな妄想に満たされている。複数の風船を一つの箱に押し込めたように、妄想たちが犇めいている。

叔父はそんな奇妙な研究分野の先駆者だ。

言葉を用いて、言葉を書いた。プログラムとは言葉であるから。

今から見れば、当時叔父の書いたプログラムはあまり上等なものとも言い難い。ただ既存の文章をもっともらしくごたまぜにしてみせるにすぎない。これは叔父の能力というよりは、当時のコンピュータの馬力不足とデータの未整備によるものだ。まず切り貼りするのに必要な文章の蓄積さえも、自力で行わなければいけない時代のことだったから。叔父はその改良を適当すぎる手段で成し遂げ、名を上げた。

要するに疑似論文などというものは、難解に見せれば用が足りるということだ。可読性は滅茶苦茶下がるが、もとより研究成果を発表しようというわけではないから構わない。専門用語を大量に投入し、複雑な構文をむやみと用いる。それが叔父の辿りついた結論である。難解であればもっともらしく、三流の専門家を職業としている人々が何を最も嫌うかといって、わからない、と白状することであると叔父は睨んだ。それだけで自分の目的には充分だとそこは見切った。

当たり前すぎることなのだが、適当に切り貼りされた論文などは、真っ当な雑誌には掲載されない。生成される文章を改良していき、真っ当な専門家の査読する雑誌にも掲載されるようなものをつくろうとは、叔父は全く考えなかった。それは結局、人間自体を機械の中に構成するのと同じ仕事になるだろうから。

適当な物しかつくることができないのなら、適当な雑誌に載ればそれで良いのだ。何なら掲載料を余分に支払ってしまっても良い。これは余談であるのだが、学術誌の出版社からは、著者へ原稿料が払われるのではなく、掲載料を書き手が払う。掲載料を目当てに創刊された雑誌というのは多くある。当然そんな雑誌は専門家には相手にされることがないわけだが、専門外の人間には雑誌の格とかいうものの区別なんてつくはずがない。当座の資金目当ての雑誌が次々生まれ育つうち、専門の人間の中にも、そんな三文雑誌へ畢生(ひっせい)の論文をあえて投稿するへそ曲がりが出てきたりして事態は混迷を深めたりする。

どうでも良いような雑誌に、意味を持たない文章の羅列された論文を、金を払って載せて喜ぶ人などいるはずがないと考えるのが正気なのだが、これがわんさか存在したのだ。

アメリカへ渡った叔父が手をつけたのは、学位販売事業(ディプロマ・ミル)。名前だけの大学を書類上で開設し、そこの学位を販売する。要するに、実体なしに卒業証書だけを売り捌(さば)いた。通信教育などとは大きく異なり、胡散(うさん)くさい教材さえなく、過程というのは存在しなくて、結果を示す証書だけが存在する。学位取得を示す紙ぺらを、小切手と引き替えに送りつけるだけのおおらかすぎる業界で叔父がたちまち頭角を現したのは、学位と論文をセットで販売したからだ。自動的に生成された、それでも世界に唯一無二(ゆいいつむに)であるには違いない、誰もそこに何が書かれているのか、全く理解できない論文を。

お値段据え置き、論文つき。調べてもらえば何々という学術誌のどこどこにきちんとみつかる論文をあなたの名前で提供します、と。

まあ、それは売れたのだ。競合他社を圧するほどに。政治家だとか医者だとか、コメンテイター、アナリスト、なんとかかんとかアドバイザー、功成り名遂げた中小企業の裸一貫叩(たた)き上げの社長だとかに。そこから先へまだ続く叔父の一生をつましく支えるくらいには。控え目に言って、箆棒(べらぼう)に売れた。

その仕業に比べれば、論文代理執筆業(ゴーストライター)の方が、まだしも真面目に仕事をしている。そこにはまだ働く人間が存在するし、書かれたものは一応の意味を持っている。良心的な代筆業なら、研究論文を代筆するのに、実際に研究の真似事(まねごと)くらいはしてみせる。代理執筆と学位販売をセットにしていた業者も一応存在していたが、文章の有意味性を引き替えとして、論文の生成速度と人件費、その両方で叔父の仕事は他を圧した。安モーテルへ据えたコンピュータのただ一台で、叔父は一人で仕事ができた。低価格の実現と引き替えに、論文の意味は無に等しいものとなったわけだが、こと学位販売に関する限り、論文の質は問題ではない。

適度に稼ぎを終えたところで叔父は事業を売却し、それまで蓄えてきたノウハウを論文の形に整え投稿した。それが自動的に書かれたものだと注釈をつけ。告発だとか暴露ではなく、技術的な側面だけをただ淡々とそこへ記した。それを、自身が売却したばかりの名前だけの大学の学位論文として、博士号を購入してみせた。だから叔父の最終学歴は、南北アメリカ・自由ボランタリティ大学博士課程修了、となっている。自分で勝手に設定した大学を他人の手に譲り渡した上で、涼しい顔でその学位を取得した。

ネットを漁るとわらわら出てくる叔父の写真は、明らかに日本人のものではない。しかつめらしいその顔の下に明らかな日本名が並んでいるのは変に可笑しい。それが叔父なんかじゃないってことは、母に確認をとるまでもないし、写真の人物が誰なのか、ちょっと気の利いた物理系の学生ならば誰もがみんな知っている。

ポール・ディラック。

相対論的量子力学の開拓者の顔写真を、叔父は自分の顔としてネットの上にばらまいている。叔父の名前を含むページの大半は、全く意味を持たない難解な文章からできていて、これも本当に叔父らしい念の入ったやりすぎだと、彼に会った記憶を持たないわたしは思う。

「姪：わたしたちは、文章をあまりに簡単に書けるようになりすぎたと考えたことはないかな。君が望むなら、わたしは一分間に二〇〇〇ページを超える論文を新たに生み出し、リアルタイムで君に送りつけ続けることが容易くできる。その論文に意味があるのかないのかを判定するのは、今の君の手にあまることを保証しよう。その証明は単純だ。君へと送りつける大量の論文の中に、真実偉大な論文を少し混ぜ込むだけで済む。今の君にはそれを抽出する能力はない。

ひとつお勧めのトレーニングを提案しよう。家にまだあるだろう君のお祖父さんのタイプライター。そのタイプボールを同封のものと取り換えること」

ほんの小さな小包から、プラスチック製の球が跳ね出てくる。お尻と頭を平らに切られた、殻だけしかない小さな球。球を横へと帯のように取り巻いて、鏡文字のアルファベットたちが整列して突き出している。タイプボールだ。電動タイプライターで打刻をするのに用いられる。最初期のタイプライターは、ピアノのようにそれぞれのキートップから伸びる腕で小さなハンマーのようにカーボン越しに紙を叩いた。純粋に機械的な千手観音。かたかたかたと無数の腕が上下して文字を刻むが、相互の腕が絡むことがまま起こった。タイプボールはそんな腕を集約し、文字たちを一つの球面上に並べた球だ。器用に回り、位置を定めて望みの場所に、指定の文字を打刻する。やがてその機構は、文字を円周の縁にあつめた円盤状のデイジーホイールにとって代わられることになるのだが、家に残る祖父のタイプライターは、タイプボールを採用している。

　叔父の送ってきたタイプボールを、あえてそこへ据える必要はない。

　球面上に突き出た小さなアルファベットをわたしは指で撫でながら、叔父の手紙の先を読む。正規のタイプボールの上の文字の配置をわたしは知らない。確認してみるまでもなく、祖父のタイプライターに収められたタイプボールと、このタイプボールの文字の配置は異なっているに決まっている。この金属製の心臓を移植することにより、生じる結果は明らかだ。Aを押せばUが出る、Cを押せばGが出る、何だかそんなような機械に、祖父のタイプライターは生まれ変わることになる。

「勿論君は、同様の操作を、コンピュータ上でソフトウェア的に実行する方が簡単であると知っている。コントロールキーとキャプスロックを入れ替えて使うようにね。.Xmodmapあたりを書き換えればよいではないかと考えたはずだ。その通り。同封したタイプボールは、そんな種類の入れ替えの、一つの鈍重な、物質的な置き換えであるにすぎない。単純な換字式暗号だ。更にはソフトウェア的に実行することにより、より複雑な入れ替えさえも可能だろうと、君は今考えている。一打ごとに、キーと表示文字の対応関係が切り替わるような構成だって実現できる。その切り替えが完全にランダムに行われた時、君は何も書くことができないわけだ。君はわたしが、君にそんなことを教えようと、考えさせようとしていると考えているが、それは違う。

わたしがタイプライターを薦める理由は単純だ。人はその一生のうちで、大地から鉄鉱石を掘り出してタイプライターを一人で一から作り出すことくらいはできるかも知れない。望みは薄いが。コンピュータとなれば、これはもう絶望的だ。わたしの言いたいのはそういうことだよ。わたしたちはあまりにも簡単に出鱈目を書けてしまうと思わないかね‥叔父」

一打ごとに文字の配置が切り替わっていくソフトウェア・キーボード。

それは何だかわたしの想像する叔父に似ている。記す文字と記される文字の関係の切り替わり方に規則があるなら、その規則に同期することで、わたしは今コンピュータ上で書いているこの文章を続けることができる。Gを打てばCが出ると知っているなら、自分自身の構成をキーボードに慣らしてしまうことが可能だ。キートップにシールを貼ってしまっても良い。そこに規則を見出せなければ、わたしは望みの文字列をここに並べることができない。

完全にランダムに配置の切り替わるキーボード。そこまではいかなくとも、わたしがそこで実装されている規則性に対応できないようなキーボードをソフトウェア的に実現することは容易くできる。今のところは。わたしは切り替わらないキーボードを用いて、ランダムに切り替わるキーボードを書けるだろう。プログラムとして。それを実現してしまったあとで、切り替わるキーボードを用いて、切り替わらないキーボードに置換するプログラムを書くにはどうすれば良いか。

そうしたことを考えるのは、叔父について考えるのにどこか似ている。

最初からランダムにキーボードの配置が変わり続けるコンピュータ。そんなものが与えられたら、わたしは何をできるだろうか。叔父はそんな種類の機械であるように、わたしには見える。全て（すべ）が整然と動いているはずなのに、適切な入力さえ行われればどんなことでも可能であるのに、人との対話を受け持つ入力部が狂ってしまっている何かの機械。

ポール・ディラックは、機械のような男だったと言われている。ほとんど口を開くことなく、その名前は、沈黙の単位とされた。一年間に一語を発することで一ディラック。彼が『罪と罰』を読んだ際の感想は、優れた小説であるが、一日の間に二度太陽が昇るという間違いがある、というもの。

わたしは叔父をこうして記そうとする。

叔父の手紙は肉筆だ。神経質そうに尖（とが）った文字が、右肩下がりに横書きされる。それはようやく、自分の体のもたらす規則へ不承不承従いはじめた幼い子供の字に似ている。

　そう感じるのはわたしであり、叔父はただ、Aのキーを淡々と押し続けているだけであるかも知れない。瞬間ごとに切り替わり続けるように見えるわたしたちの関係は、ただAだけが並ぶ単調な文章を、わたしという読み出し機械が勝手に読み出し、まるで意味に溢れる人間がそこにいるように受け取っている結果だということだって大いにありうる。

　事業を売却した叔父は、以前の自分を嘲笑うかのように自動生成論文判定プログラムの開発などに取り組んだ。その頃ネット上に氾濫しはじめていた、文章を切り貼りしただけのレポートや、それこそ自分の開発した手法で生成された文章を判定するプログラムを研究しだした。

否定とその否定の否定。叔父の時間はそんな単純なやりかたで駆動されている。合に達することはなく、軸足を切り替えながら正反を繰り返して前進していく。

　機械生成の第一人者として。機械生成判定の第一人者として。一個の詐欺師として。詐欺師を暴く判定者として。それを用いて虚偽を働く者として。ぎりぎりのところ合法で、法の網目をすり抜けたのちその綻びを繕い塞ぐ。自分の掘った穴へ後足で土をかけて埋めていく土中の生き物であるかのように。

「これは難儀な叔父さんだな」

まだ存在していない彼は、自分の体を確認しながらきっとそう言う。

2

階段をとんとんと踏む音に続いて、居間と台所を隔てる暖簾(のれん)を割り、母が不審げな顔を突き出すのを気配で感じる。わたしは先ほどから小振りの中華鍋(なべ)を我武者らに振るい続けており、いい加減腕もだるいのだけれど、ガラガラ絡む大きな音が母の注意を引いたらしい。

鍋の中では角の鋭い小さな立方体たちが安物のフッ素樹脂を削り続けて、わたしは頭の中の買い物リストに中華鍋を加えている。もうもうと鍋肌から上がる煙に、背後の母は顔を顰(しか)めているはずだ。

「石炭でも炒めてるのかい」

「今晩は磁石炒め」

母の問いに短く答える。

「そうかい」

背中越しにも、母の表情がすっと奥へと引くのがわかる。それ、と肩越しに指したテーブルの上には、封を切られた手紙が一つ。母がそちらへ一瞥を投げたかどうかは見えないが、ふうと大きく溜息をついたから、その存在は認めたらしい。

「大概にしておいてね」

言い残してまた、自分の部屋へと戻っていく。納得いったようでもあり、ほっとはしても余計に不安を掻き立てられたようでもある。台所と薄い壁を隔てただけの階段に軽い足音が響いてわたしの傍らを斜めに上昇していき、わたしは毎度のように壁の中の幽霊を思い浮かべる。わたしの前では、ガラガラガラガラと赤熱された小さな文字たちが鍋中に踊る。

「姪：わたしは今、両手に竹製のピンセットを握り、この手紙を書いている。そうして出来上がった手紙をここへ書き写すつもりでいる。五ミリ角の磁石を大量に用意し、各面にはアルファベットが刻んである。それを鉄板の上に並べてこの手紙を書くつもりだ。相互にくっつき、あるいは反発しあう文字。目指す文字をつまみ上げると、そこへぞろぞろ他の文字がくっついてくる。その塊をそのまま並べてしまいたい欲望と戦いながら、左手のピンセットで余分な文字を引きちぎる。この文章を書くのが磁石とわたしの共同作業であることは誰にも否定することができない。わたしは意志の力をもって、自分の望む文章をここへ並べようと試みている。全力で、と言ってもよいだろう。だがしかし、持ち上げた文字に絡みつく別の文字たち。立方体の別の面からこちらを窺（うかが）う別の文字たち。それらの配置がわたしの思考に影響力を行使しないはずはない。わたしは明らかに影響されている。既に並んだ文面により引っくり返る磁石の四角。先行する字の横に置かれて、自分はそこへくっつくと定められているとばかりに飛びついていく文字。同じ文字が刻まれるのに、極性の違いによってそこには置けない、とある文字。適切な極性を持つブロックを箱の中から見出さなければ先へと進むことはできない。

超現実派（シュルレアリスト）が直面した問題などは、この手紙に現れた文面ほどの重要性を持ちはしないとわたしは思う。影響されつつ、こうして書くこと。自分の書くはずだった内容を保持し続けること。ここに現れる文面から意外性を消去すること。わたしは今それを試みている。この試みを終えたなら、次は鉄製のピンセットで同じことを試みてみるつもりでいるが、楽観などはとてもできない。その手紙は書かれ得ないのではないかと考えることは少し楽しい…叔父」

玄関先で開けた封筒から一塊にまとまって落下した立方体の磁石たちは、その身にとげとげとした砂鉄をまとった。それほど強い磁石ではなく、塊の端をつまむと面と面とが足摺る(あしず)ようにゆっくり動きぼたりと千切れる。テーブルの上でわだかまる救出された文字たちを頬杖(ほおづえ)ついて眺めつつ、わたしは当惑を余儀なくされる。

砂鉄は磁石にぴたりとくっつき、樹氷のように枝を伸ばす。指先でつつくと無抵抗に形をかえるが、やっぱり磁石へ繋(つな)がり続ける。摘まんで捨てる指と指との隙間(すきま)に稜線(りょうせん)を持つ細い脈となって残存し、指の腹でこすると平らに広がる。別にわたしは綺麗(きれい)好きということはなく潔癖からも程遠い。それでも何故(なぜ)か、この磁石から砂鉄をとり去るのが叔父からの宿題のようにだんだん思えて、中華鍋をコンロに据えた。ガムの類いを貼りつけるとか、木工用ボンドを塗りつけるとか、その手のことでも砂鉄を引きはがせるとは知っている。実際、黄色い星形をしたお気に入りの磁石にまとわり続ける砂鉄に軽いパニックに陥りかけた昔のわたしは、そんな方法を母から習った。中華鍋を持ちだしたのは、一個一個にそんな施術を行うのが単に面倒くさかったから。

油で揚げるか炒めるかを少し迷って、炒めるだけでもいけるだろうと判断した。オーブンという選択肢もあったわけだが、わたしは中華鍋と菜箸が奇妙に好きだ。ケーキよりもクッキーよりも鍋よりも、炒めものがなぜだか好きだ。

磁石は高温の間、磁性を失う。

加熱された磁石が摂氏何度で磁性を失うかは、磁石が何でできているかによっている。一度磁性を失った磁石を冷却して、どの程度の磁力が取り戻されるものなのかも。その現象は熱減磁と呼ばれていて、磁石の中で整然と並ぶ磁性が、熱によって配置を乱され、互いに作用を打ち消し合って大域的な磁性を失う。磁気記録媒体は、並んだ磁石の極性を置き換えることで情報をその身の裡へ蓄えていく。方位磁針が北を指すのも、北を指す磁石を針の形に削ったのではなく、針状の磁石を熱して冷却し、北へと向けて磁性を揃えてあるからだ。

投入した磁石が中華鍋にぴたりと吸いつき頑固にその身を保持したことに、わたしはふと腕を止め、虚を衝かれたことに少し笑う。磁石が鉄につくのはただの道理で、磁石の定義だ。砂鉄が磁石にへばりつくのに閉口してこうして鍋を出したはずなのに、わたしは鍋に磁石がくっつくことに驚いている。

じっと鍋をコンロで焙って菜箸でちょいちょいつつくうち、山は不意に柔らかくなり、これは磁石が溶けたのではなく、磁性が急激に規律を失ったのだ。

熱とは何か特定の物質ではなく、物質の運動の様式だ。ミクロの現象世界では分子は小刻みにぷるぷると貧乏ゆすりを飽きずに続け、それが熱と呼ばれるものだ。磁力とは、小さな磁石が頭を揃えて同じ方向を示すことにより発生している現象であり、そこに熱と磁力の関係はある。大きく震えることにより頭の向きはばらばらとなる。磁石は磁石を引きつけるから貧乏ゆすりは伝播していき、磁力は糸が切れたように一息に落ちる。

加熱によって磁力が急速に失われるのは、磁石の山が不意に突然、鍋底にしがみつくのをやめて動き出すのは、氷が水になるように、相の転移が起こったからだ。水と氷の間にはやわらかい氷とかちょっと固い水とかは存在せずに、水なら水と、氷なら氷と一気にその姿を変える。変転途中の中間状態は存在しない。

鍋肌から立ち上る煙にむせながら、菜箸で一つの立方体を摘まみ上げ、軽く左右に振って砂鉄を落とす。菜箸の先から煙が上がり、菜箸が買い物リストに新たに加わる。底に網を敷いて水を張ったボウルへぽとりと落とす。断末魔の叫びをあげて磁石は沈み、わたしは悲鳴の意外な大きさに眉をしかめる。悲鳴を上げたのは磁石なのか水なのかという問いが頭をかすめる。

磁石は網に捉えられ、砂鉄が数粒、底へと沈む。冷たい水で磁石は正気を取り戻したはずなのだが、底から砂鉄を拾い上げるほどの力は見せない。そんなことが起こってしまうと、永久機関が可能となるから。砂鉄を底から引き寄せるような力があるなら、そもそも砂鉄が沈む道理がない。

そこそこ上手くはいくようであり、鍋で熱するのを選択したのは、一粒ずつをつまむ手間を省くためだったわけだから、次の行動は既定事項だ。一つ大きく息を吸い込み、濡らした布巾で鍋を摑んで、鍋に残って力を失う磁石の山をボウルへ一気に投入する。

瞬時湧きたつ小さな泡がボウル自体をぐらぐら揺らし、湧きあがった煙から顔をそらして、跳ね上がる熱湯にわたしは飛び退く。

右手から下がる中華鍋から、灼熱した砂鉄がさらと、床へ零れる。

「親愛なる叔父さんへ

先日は素敵なレシピを有難う。鍋で磁石を炒めていたらそれは大変なことになってしまって、母にこっぴどく叱られました。磁石はその後二人で美味しく頂きましたからご心配なく。今はちょっと筋肉痛です。

鉄のピンセットを使った手紙は書けましたか。叔父さんが本当に磁石をつかって前の手紙を書いたかどうか、わたしは当然疑っています。磁石を実際に用意したのだから書いたのだろうと思うほど、わたしも初心ではなくなりました。冗談にせよ悪戯にせよ嘘つきにせよ、全力でやれって習ったのは叔父さんからだし、そう見えさえすればそう思われるっていうのを習ったのも叔父さんからです。判定のできないことは存在しないと、ただお話がその間の空白を埋めるだけだと教わりました。

磁石に鏡文字を刻んで並べてバレンで擦って、手製で印刷されていれば信じるのだけど。それでも、活字が磁石でできているのかどうか、使われたのが鉄のピンセットか竹のピンセットかわからないのは同じだけれど。どうせわからないのは同じなのだからと笑う叔父さんの顔が見えるようです。叔父さんの顔はまだ見えません。

ちなみにこの手紙は、パスタを使って書きました。アルファベットの形をしたあれ。フォークの先でスープの海から掬いあげ、皿に並べて書いたものをこうして書き写しています。使える文字の回数に制限のある手紙というのは確かにちょっと面白くて、文字をそうして探す間に、自分が何を書こうとしていたのだったか、スープの海に沈むパスタを掬う様子を思わず書きたくなったりします。でもその作業に必要な文字はスープに沈んでいるわけで、頭がちょっとくらくらします。

叔父さんは料理をしたりしますか。

レシピを一つ同封します。

フォークを一本用意してよく洗います。キッチンタオルで水気を拭き取り、重量の三パーセントの塩を振りかけ揉み込みます。ラップでくるんで冷蔵庫へ入れ放置しておき、次の日にはラップの中に水が溜まっているはずなので、キッチンタオルでも一度よく拭き取ります。ラップにくるみ直して毎日覗き、水がたまっていたら同様にします。三日目あたりから食べられて、一週間くらいで食べきるのが良いでしょう。つくっておけば何にでも使えて便利です。（姪）」

fork と pork の置き損じに気がついたのは、メールを送信し終えたあとのこと。勿論わたしはアルファベット形をしたパスタを並べたりはしなかった。面倒だから。みじん切りした玉ねぎと賽の目にした人参と一緒にブイヨンで煮て、カップに入れて眺めたくらいだ。文字はカップの底に重なり合って沈み積もり、もしかしてそこに予言の言葉のようなものが見えないものかと多少の期待はしてみたが、叔父からの通信文は見当たらなかった。

台所で磁石を炒め終え、今度はカップの中のスープを見つめて黙り込んだままの娘を、再び台所へ下りてきた母は気味悪そうに眺めていたが、傍らの叔父の手紙の前では言うべき言葉を失うようだ。

「あれはクッキーを食べられなくてね」

わたしのカップの中のアルファベットを覗きこみつつ、母は些か脈絡を見失いながら思い出へ向け独り言のように話しはじめる。

「動物形のクッキーね。可哀そうだと泣き出して、大事に手で握って眠っていたけど。ぼろぼろになるのはいいのかね」

「子供ってのはそういうものだよ」

「飛行機形とか車形なら食べるんだよ。解体されて動物形ではなくなった肉を食べないわけでもないのであるのに」

　母の構文を解析し終えて、それは普通の反応なのではとわたしなどは思うわけだが、母は窓外へ向けて首を傾げる。笑い顔をしたクッキーなんかは、わたしもやっぱり食べにくかった。今は平気だ。文字もこうして食べられる。本の頁を破ることには今でもとても強い抵抗がある。

「それは勿論そうなのだけど」

　母は続ける。

「もうこの歳になってしまうと、色んなことがわからなくなってしまって。どうして食べるのをためらったのか、その時の気持ちが遠くに離れてしまって、クッキーはクッキーにしか見えなくなって、気持ちや理屈をいちいち思い出すのも億劫になっているのである」

わたしの頭の中では、そんな母の独白とは関係なしに、手を繋いだジンジャーブレッドマンたちが笑い顔を貼りつけたまま、焚火（たきび）の周りで輪になって踊っている。自分たちをこんがり焼きあげるために。踊りはどんどん激しくなるが、ジンジャーブレッドマンたちの笑い顔は変わらぬままだ。

「クッキーなんかに涙するより、人の気持ちをわかって欲しいものなのだけど」

それが母の本題らしい。

「叔父さんは今もこうやって」

手紙を取り上げ、ひらひらと振る。

「気持ちを書く方法を探しているんだと思うよ」

わたしは一応、叔父のために反論しておく。

「それだよ、それ」

お前のその目だよ、あれと同じその目だよ、と母はうんざりしたように肩を落として立ち上がり、冷蔵庫からパセリを取り出し細かく刻むと、鍋からカップにスープをよそい、上に散らして腰に手をあて一息に飲む。

機械生成、自動生成。わたしはこの二つの言葉をかなり適当に使ってきている。ある程度のところは重なり、それぞれ互いからはみ出る部分を担当する二つの言葉。自動生成とだけ言えば良い気もするのだけれど、機械生成と呼びたい場合もやっぱりある。

コンピュータを走らせるのは、何だか自動って気持ちがするが、磁石を並べたりするのは機械という感覚がわたしにはある。磁石を用いた構成は、叔父をその部分に含んだ何かの機械だ。

論文自動生成事業に続き、自動生成論文判定事業も売却した叔父が今何に取り組んでいるのかというと、物好きな小金持ちたちに注目されつつ、日々工作に励んでいるらしい。わたしへ向けた磁石で書かれた手紙のような、小さな細工を思いつくままに山積みしている。一貫するのは、工作は常に文字に関わる何かのもので、叔父は何かを書き出そうと、書き記そうと矢張りしている。手にぴったりとあう万年筆を探すように、ペンとは何かを試行している。何かを書きだすためのペンを作りだそうと試みている。

そこに全て(すべ)の可能なペンがあるとして。全てのペンを試すことができたとして、それでも叔父の望むペンがそこに含まれているかはわからない。そんなペンなどこの世のどこにも、原理的にさえ存在できないかも知れないからだ。

世界中を移動しながら勝手気ままに暮らす様子で、電話にも出ず、手紙を受け取ることも拒んで、電子メールだけはやたらと迂遠な経路を巡って受け取っているらしいのだが、わたし以外に返信を行うことはほとんどないらしい。

研究だか悪戯だかの途中経過を発表したりすることはなく、だからわたしが彼の姪だと知っていて、叔父とのやりとりがあると知る人々から、問い合わせを受けることも少なくない。叔父からの手紙を見せると、皆一様に困ったような顔つきをする。彼らは叔父が、また新たな荒稼ぎの種を模索中だと考えていて、なにか面妖なプログラムなどを開発中だと期待している。たとえば新種のコンピュータ・ウイルスだとか。革新的なコミュニケーションツールであるとか。情報の新たな保持の仕方であるとか。自動的に為替相場へ投資を行う高度人工知能とか。

そうしたものを期待してきた人々は、叔父の最近の行状を知り、皆一様に眉を顰めて、しばらくしてから、ああ、わかったという表情になる。

「それはあれですね。芸術だとか、パフォーマンス・アートだかいう」

「そうかも知れませんね」

わたしは答える。

「衣食が足れば、芸術で暇を潰したりするものですしね」

「そうかも知れませんね」

「しかし叔父さんには是非、技術と事業の世界へ戻ってきて欲しいものです。あれだけの才能をただ遊ばせておくのは惜しい」

そうかも知れませんね、とわたしは答える。勿論そうかも知れないから。大学で。家で。手紙で。電話で。メールで。業界誌を名乗るインタビューで。

あれだけ金を稼ぐ才覚があるのに勿体ないと、露骨に言われることもある。効率的に無駄であるとか才能の無駄遣いだとか誰かが何とかするべきであるとか、なぜか苦情を寄せられたりする。それ相応の能力者には、それ相応の義務があって責任があると熱く詰め寄られる意味もよくわからない。その才能を持っているのはわたしではなく叔父なのに。しかしまあ、効率なんていうものはどこで収支を決算するかによっている。叔父がたまたまお金を稼いでしまったのは、たまたま稼ぐことのできる有卦に入っていたので、稼がないのも勿体ないので、稼いでみたというあたりにすぎないだろう。損をするのも勿体ないので、稼ぐのをやめたと自然に繋がる。

別段叔父は芸術家を目指したりはしていないと思うのだけれど、芸術的という有卦に入れば、表彰くらいは恬として受ける気がする。ついでに口先だけの通りのよい芸術論くらいのものは書きはじめたりしても不思議ではなく、叔父の一貫性とは、猫の散歩あたりに似ていて大枠しかなく、細部の連絡を連ねることは困難だ。

叔父はただ機械のように一貫したい。何を放り込まれようとも頓着なしに嚙み砕くフードプロセッサのように。フードを投入されなくとも、フードプロセッサは活動可能だ。ただ作動することができればよく、まるでそこにいるかのように活動できる方策を何かの形で求めている。

そんな理屈が、叔父がわたしに手紙を送り続ける理由ではないかと思う。手紙がそんな活動の一環なのだと考えている。

テーブルの上でまとまる磁石は磁力が少し弱まっており、それでも砂鉄を引きつけている。鍋で炒める作業を繰り返せば砂鉄はいずれ落ちきるだろうが、わたしはもう満足してしまっているし、これ以上台所を荒らしてしまうと母との関係修復に時間がかかりすぎそうだから、磁石には砂鉄がついたままになるだろう。いずれ叔父が芸術的に評価をされたら、この立方体の塊が、どこかに展示されたりするのかなと考えると少し可笑しい。

「姪が炒めてしまったせいで、磁力は当時より衰えています」

そんな展示パネルを前にして、鑑賞者は首を捻るだろう。奇妙な叔父には妙な姪がいるものなのだと素朴に納得することだろう。

わたしは布団の中で手足を泳がせ、太ももに当たった携帯電話を引き寄せて、叔父へのメールを書きはじめる。

「追伸：叔父さんは今きっと、リバーシを前に腕組みをして、静かに座っているのだろうと思います。まだしていなくても、きっとそうすることでしょう。裏と表に字を刻まれた駒があって、黒地には白字、白地には黒字が書かれています。ゲームが展開するたびに、駒がいくつか引っくり返って新たな文面が現れるのです。いちいちの局面が文章であり、もっともらしい意味を持つためには、駒へどんな文字を刻めば良いのか叔父さんは多分考えています。どんな性格をした二人がゲームをすれば、そこに文章が浮かび上がるか、浮かび上がった文章を語りだすのは誰なのか、そんなことを考えています。これは、磁石に刻まれた文字からの自然な連想というものですから、叔父さんが既に考え終えてしまっていても、わたしは別に驚きません。

（姪）」

3

ここには一つゲーム盤があり、互いにどんなゲームをするか知らない二人が向かい合っている。あるいは、相手が行うゲームのルールを自分の方では知っていると考えている。駒の動きは物質のルールに縛られており、共通している。共有されるものが物質だから。にもかかわらず、駒の動きから相手がどんなゲームをしているのか知る術（すべ）はない。そんなゲームだ。

わたしたちは、そんな盤上で向き合っている。

何かの機能を持たない人は、代わりの能力を発達させるものだという。これはわたしが言ったのじゃない。目が見えなければ鼻や耳が鋭くなって、耳が聞こえなければ目や鼻が敏感となり、何かがなければ他の部位が奮闘をして、欠けた機能を補うという。何となくもっともらしい説ではあるが、いかがわしいとわたしは思う。

その見解は、まるで体の構成が足し算引き算で考えられるものなのだと言うようだからだ。視覚と聴覚を足し算しなさいと言われても困る。欠けているとか余っているとか、それだけでは判断のしようがなかろうと思う。欠けていなければ充全なのかということになり、不穏な気配があたりに漂う。

感覚の鋭敏さとかいうものは、当然計測できる事柄だから、実際に何かの器官の感度が上がったりもするのだろうけど、言い方として気に入らない。欠けているとか代わりにだとか、体の方では余計なお世話なのではないかと思えるからだ。こんな言い方もまた、わたしは気に入らないのだけど。体にとってはわたし自身が余分なものではないかと疑っている。

それでは余分な感覚器をつけ加えれば、他の感覚は鈍くなるのか。

漠然とそう考えてみて、まあそうかなという気がしてくる。脳の処理できる情報量には結局限りがあるだろうから、脳というリソースを取り合う場面となれば処理能力は低下する。脳の方からしてみれば、感覚器などというものは、こちらの都合におかまいなしにやってきては喚(わめ)き続ける客のようなものだろうから。あちらの言い分を聞く間にもこちらの方が割り込んできて、外から戻った子供のように、自分の見聞を披露し続け、相手をしないと機嫌を損ねる。

脳の大部分は休眠中で、人間には莫大(ばくだい)な潜在能力が眠っているとかいう説は、随分前に否定された種類の夢だ。昔々は測定器具の精度が低く、活動を捉(とら)えられなかっただけだと今ではきちんと知られている。大体、盛んに活動することが処理能力の優秀さを示すかというと疑わしくて、点(つ)きっぱなしの電光掲示板などというものは、消えっぱなしの電光掲示板と同じで使い道に困るし、燃料を必要とするだけ無駄だ。

大体、脳というのが嫌なのだと一人呟(つぶや)き、わたしは自分が何を考えようとしていたのか、そろそろわからなくなってきているけれど、気にせず大学への道を歩き続ける。

　脳だ脳だと言ってはみても、体の他の部分を欠いているなら脳も働きようがないだろう。脳を壊せば思考は壊れる。だから思考は脳で行われると言われるけれど、それを言うなら心臓を壊したって思考は壊れるはずである。これが言いがかりだとは承知している。思考はなぜか、脳の活動と高い関係性を保ちながら進行していくと知られていると、知っているから。心臓の活動を観察しても、思考の形態はそれほどはっきりと理解できず、不安げだとか、興奮しているのだろうとかがわかるくらいだ。それに比べて脳の活動を精密に記録できれば、思考の一部は推察できる。虫の神経に電極を刺し、ラジコンみたいなコントローラで制御する実験は既に成功しているし、人間の脳の活動を読み取る装置でタイプライターを動かしたりすることも実用段階へ到達している。脳波の測定結果で扇風機の出力を調整してピンポン玉をゴールへ運ぶおもちゃだって売り出されている。

　しかしそこには、やっぱりちょっとわからないところがあり、脳の活動により何かを動かすことができると認めておいて、脳の活動により手を動かす場合を考えると、それって普段やっていることではないかということになる。手にできるなら、機械にだってできるのだとなりそうで、ところがこれがそうすると、脳の活動状態により外界を操作する機械が手じゃなかったっけとか考えたくなる。そうしてそれは本当なのだ。手を物質と捉える限りにおいて。

思考をそのまま文字にするという触れ込みの装置ができたとして、頭の中に新たな手とペンが必要となるだけの気がする。

だから本当に大切なのは、何かと何かの関係であり、そのもの自体の活動ではない。そのもの自体がそこになければ、関係の方もないわけだけど。

脳の活動を観察すればその人が何を見ているかがわかったとする。随分不気味な想定なのだが、この実験は既に実行することができ、実際に何を見ているのかが漠然とわかったりする。但（ただ）しそこで判明したのは、誰かが何を見ているのかを判定する手続きは、他の人間には使えないこと。誰かは脳のどこかの部分を、何かを見るのに利用していて、別の誰かはその部位を別のものを見るのに利用している。

脳味噌（のうみそ）解読機とでも呼ぶべきその構成は個別にチューンされる必要があり、個人ごとに暗号化されてロックが掛けられている。わたしの頭と誰かの頭を連結しても、多分わたしは、相手の腕を動かせない。その間では、タイプボールの異なるタイプライターで打ちだされた文章たちが交換されて、互いに相手が何を言うのか理解できない。

もっとも体は柔軟なので、段々慣れる。自分が何をできるのかは体の方が知っており、頭はあとからそれに気がつく。

頭で考える仕方と、ディスプレイの上でさまようカーソルの動きをいつしか同調することができるように。突然に自転車に乗れたりするように。自転車には乗れるか乗れないかしかなく、その中間は存在せずに、一旦乗れてしまったら、どうして乗れなかったのかがわからなくなる。

ずっと接続され続けるならば、誰かの頭はわたしの手を動かしはじめることが多分できる。叔父がこうしてわたしの手を動かすように。言葉を覚えて、それが確かに伝わっていると疑いを持たなくなるように。自分が操ってはいないものを、自分が操っていると信じ込んでしまうように。本当は操られてしまっているのに、それが見えなくなるように。

二十世紀後半、ベンジャミン・リベットの行った実験は、体がまず活動をして、自意識と呼ばれているものがその体の運動を自分の意志で行ったと追認していると考えるべき例を示した。

十七世紀から二十世紀にわたり、マーサズ・ヴィニヤード島に孤立して暮らしていた人々は、その身の裡（うち）に耳の聞こえなくなる遺伝子を蓄えていた。島では音声言語と手話が同等に利用され、のちの聞き取り調査によれば、島の誰もが、自分の記憶する噂話（うわさばなし）が、口語を経由したものだったのか、手話を経由したものだったのか全く思い出せなかった。

二十一世紀の最初の十年期の終わり、インドで新たに発見された少数言語の利用者八百人は、隣の住人たちの用いる言葉と平易に交流を成し遂げていた。互いの用いる言葉が全く別の言語であると気がつかないまま。

わたしたちの言葉は個別に誂（あつら）えられており、わたしたちの言葉はそのくせ通じる。そのくせ通じているように思えてしまう。

脳を止めれば心臓は止まり、心臓を止めれば脳は止まり、脳を止めれば思考は止まり、体のどこかを傷つけることで思考は変わり、余分な器官をつけ加えれば、思考はやっぱり変わるだろう。生爪（なまづめ）一枚はがしただけでキーボードを介する出力精度は低下して、その低下自体が思考の流れを変えるだろう。

心臓がなければ脳は動かず、食物を摂（と）らねば心臓は動かず、この地上に一人では食物を育てることはできそうになく、言葉がなければ共同作業は難しそうで、個別にチューンされた思考が他へ伝わる道理は見えず、とにもかくにも伝わったことだけがわかったりして、まるで伝わったかのように活動すると信じることさえできてしまう。

潜在能力を秘めて眠り続ける夜の脳（ナイト・ヘッド）は存在せず、働きアリの何割かは常に仕事をさぼっており、働き者を除去すると、それまで怠けていた蟻（あり）が割合を保とうとするかのように働きはじめ、さぼる蟻を取り除けば、働き者が怠けはじめる。会社の運用にもっとも効率的な人事の決定方法は、社員のランダムな昇進だという説だって聞く。

存在の大いなる連鎖なるものがそこにあろうがなかろうが、あらゆるものは繫がっており同時に分断されているのであって、こんな滅茶苦茶（めちゃくちゃ）なことを言いはじめるのは、わたしが問題を整理しきれておらず、重要な事柄に未（いま）だに気づいていないからであるのは言うまでもない。それでも多分重要なのは、物質の流れが輪を描くこと。描かれた輪が整合性の名の下に、わたしの思考を紡（つむ）ぎ出すと信じることができるように、この世は何故（なぜ）かできている。くるくる回る因果の輪が、そうして回ることにより、自分は回っているのだというメッセージを刻む。これはペンですとしか書けないペンみたいに。

お前は何かの学者なのかと言われれば、ただの大学生であるにすぎない。数学も経済学も物理学も生物学も化学も哲学も社会学も文学も脳科学もわたしは苦手だ。どれも自分で深く考えてみたことなどなく、必要な知識を検索してきて、表面上は整うように並べるだけだ。わたしの体は叫びださない。落ち着いてみてひと呼吸おき、叫びだすほどの暇がないせいで。

ただ、叔父にだけ少し詳しい。叔父から出力される文章がとりあえずわたしに向けられるから。そうした意味で、わたしは叔父の器官の一つであって、左程従順な器官ではないが、それはわたしの体に埋まる器官も同じだ。随意筋と不随意筋という言葉からもわかるように、わたしの体の裡にはわたしの意思によらずに活動している部位があり、わたしは叔父の意思によらずに行動している。

わたしの卒業論文は多分、「叔父を書く方法について」という題になるはずであり、わたしはその方法をこうして考え続けている。

「直接会いに行ったらどうかな」

「何故」

とわたしは訊ねるだろう。

「姪：わたしは今、鎧を着てこの手紙を書いている。甲冑と呼んだ方が良いかも知れない。いわゆる西洋甲冑を想像してもらえれば良い。漫画で言うならパワード・スーツ。ウェアラブル・コンピュータとかそんな大仰なものではないし、電子制御はかけていない。アンパワード・スーツと呼ぶのが適当だろう。鋼鉄製の、これは箱だ。関節部はかろうじて曲がるが重たい。内部は塩水に満たされている。というのは嘘だ。アイソレーション・タンクを知っているだろう。人間の比重と同じに調整した液体に浮かび、感覚を遮蔽するための装置だ。人によっては大変激しい幻覚を引き起こしたりすることで知られる。体が入力に飢え自ら入力を偽造しはじめるというのが、一般的な説明だ。塩水で満たされているのはこの鎧の内側ではなく、わたしの体の内側だ。生理食塩水に満たされた一個の器だ。塩水にぷかぷか浮かぶ器官の集合体ということになる。

ほんのわずかな隙間から、わたしはこの手紙を眺めている。面覆いには横一文字に細いスリットが入っている。戦車のキューポラのようなものだ。重い関節、狭い視界、くぐもって聞こえる外部の音。自分の体で反響している自らの音。ときたま思い出されたように流行る装具を考えてみて貰えれば良い。老人の住む世界を体験するという触れ込みや、妊婦の世界を体験するという触れ込みの肉襦袢を。おおよそそんなものの中にわたしはいる。それらは何故だか拘束だと呼ばれるわけだが、まあどうでも良いことだ。まるきり何にも拘束されていないのならば、ものを書くことなどはできないだろうし、そもそも何かを話す気にもなれないだろう。

ただペンを一本持つこと、それだけでも拘束となる。勿論君は、わたしが多くのペンを同時に保持する種類の実験を既に行ったことを知っている。指一本で二本のペンを動かすあれだ。四十本のペンで書かれたその文章は手紙の体裁へ到らなかったので、投函されることもなかったわけだが。こうしてわたしの置かれる状態とは関係なく、いつもどおりに文字を配置し続けるのが重要だ。わたしの筆跡は、わたし自身が真似しやすいようにできている。外形的な拘束により、書かれるものが駄作となったり、多少は見目よいものになったりするはずはないのだ。書くという行為が真実存在しているのなら。

何かの器官を欠いた人間は、別の器官を鋭敏化させ失われた機能を補うという。
それでは脳を欠いた人間は。
その人物の残りの器官は、一体何を鋭敏化させ、脳の機能を補うと思う‥叔父」

叔父の体に閉じ込められてしまっている叔父。二十世紀の終わりから二十一世紀のはじまりにかけ、閉じ込め症候群（ロックド・イン・シンドローム）の研究は多少の進展を見せた。あるとき不意に、体からの出力を失う病。脳測定の発展は、従来植物状態にあるとされてきた患者のうちの一定数が、体へと閉じ込められている状態であると示すことに成功した。入力は平常に行われており、内部の思考も行われている。患者は意識がないのではなく、意識を持つと示すことができない状況に置かれている。眼球運動による意思の疎通（そつう）や、脳波によってカーソルを動かす実験の多くは、そんな患者の声を聞きとるために実施されてきたのである。

自分が何かを書くことができているとは信じず、何かを書いているとは知っている叔父。何故書けるかの理由は知れず、いかなるやり方でも書けてしまうことを示そうとし続ける叔父。あらゆる機能に問題がないかのように活動できる、多分、ほとんどの機能に問題を持っていない叔父。書きはじめる動機や内容を欠き、書く方法だけを探し続けている叔父。

その書き方から、自分の書くべき事柄が自然に発生するはずだと考える叔父。あるいは自分自身がそこから生じるはずだと考えてさえいるかも知れない。

わたしはこうして、叔父を書こうと試みている。叔父が存在してくれれば良いなと考えている。母や親戚たちやお役所が、皆で共同してわたしのことを謀り続け、非在の叔父が存在しているみたいに振る舞ってくれているのだと良いなと考えている。世界中の色んな人が叔父の手紙を偽装しては、そんな人物がいるのだとわたしに信じ込ませようとしているのだと良いなと思う。そんな細部など一切無視して、わたしは叔父が存在できる仕方を見つけ出したい。あらゆる者に母や父は存在してしまうわけだが、叔父がいるとは限らない。

わたしには多分叔父がいて、それを否定する根拠は特にない。

わたしは叔父の存在を否定したい。

そんな否定を軽々と超える叔父が存在できると信じたい。

叔父の手紙が、叔父の作り出したプログラムにより切り貼りされた様々の思いつきの集まりだとは考えたくない。わたしの記すこの手記が、誰かの作り出した機械によって切り貼りされた、雑多な思いつきの寄せ集めだとは考えたくない。それと同時にわたしだというこの人物が、この手記を記すと考えたくない。

わたしは、大学の計算機室のドアを開け、キーボードにかがみこむ学生たちの間に座る。そこにいるのがわたしなのだとネットワークで結ばれた機械たちに知らせるために、ほんの僅かな数のキーを押し込む。

ディスプレイの上に窓を開いて流れ出すのは、プログラムにより自動生成されたものであると判定された学生たちのレポートの識別番号。その中から、誤判定を見出すのが、わたしのささやかなアルバイトだ。そこで用いられているプログラムの一つは、叔父がかつて書いたものを元にしている。多少の洗練は経たものの、根幹部分の変更はない。ただ膨大なデータを参照し裁断し、幾通りもの方法で多重に切り落とされた細片たちから同じような文言をピックアップし、重複頻度が過ぎれば警告を発する。

自動判定プログラムが判定できる文章は、自動生成プログラムが生成できる文章と深い関わり合いを持っている。叔父がそれなりに効率のよい判定アルゴリズムを書くことができたのは、自分が作った自動生成プログラムの生成した文章を主な判別の対象としたからだ。コツを埋めた文章を生成させて、コツを取り出してみせたという趣がある。それぞれの文章に不可避的に埋め込まれている固有の癖と呼んでも良いのだけれど。

単純な切り貼りなどは、機械の単調なパワーの前には力を失う。

厄介なのは、自分が切り貼りをしていると承知しながら、全く別の内容を書こうとする輩が一定の割合ででてくるからだ。そもそも文章なるものは切り貼りなのだ。活字の発見はそのまま切り貼りの発見だから。いちいちの文字を記すのに、その箇所にしか使用できない特別な活字が必要ならば、活字なるものが存在できない。であるならば、繰り返し用いられる文字も、繰り返し用いられるフレーズも同じものではないかという極論が生まれたりする。こうして、同じフレーズの組み合わせを用いて、新たな内容を記すことができるのだと誇る奴が出現する。そんなへそ曲がりのレポートを間違ってはじいてしまわないための、これはアルバイトだ。既存のものを抜き出してきた箇所を参照し、それが散らばるパターンを見る。おおよそそれで判定はついてしまうことが多い。内容までを参照せずとも、相互の網目の形がオリジナリティなるものを当座のところ示しだす。

提出されたレポート相互の参照関係の確認もこの仕事には含まれている。わたしにはレポートの提出者の名前を参照する権限がないが、レポートの写し合いの網目を見るのは面白い。ほんの一部の学生が何やらものを考えており、堤が切れるようにして、三段ほどに継承される樹状の網が全体を覆う。他のレポートと結ばれることなくぽつぽつと浮かぶ点は半数程度。誰かが誰かのレポートを写し、誰かがそのレポートを写す過程が三段階。コピーをしては細部に多少の手を加えて貼りつける。このコピーの網目をもとに評点に手が加えられることはない。それはいつでも起こるし、起こり続ける現象だからだ。勿論それは、偶然に起こる現象ではない。たまたま二人のレポートがひどく似通うことはあるかも知れない。たった二十四人の人間がいるだけで、誕生日が同じ二人がいる確率は五〇パーセントを超えてしまう。あなたが特定の誰かと同じ誕生日である確率は三六五分の一に少し足りないにもかかわらず。あなたについての確率と、全体の中で起こる事象の確率は視点によって大きくその解釈を変える。

レポートの参照関係が特徴的な形を持つことは、むしろ講義に参加する学生たちの関係が穏当で常識的なものであることを示している。かつてはそんなコピーレポートを根絶する方向が試みられたそうなのだが、全体のパフォーマンスは低下してしまったときく。

業務には一応、判定プログラムの更新も含まれているが、わたしは教授にねじ込んで、多少毛色の異なる作業を並行している。

レポートの採点までを自動化してみる実験だ。

それは大体のところ上手くいく。教授自身の採点と、七割程度は合致をするところまできた。内容を見る必要はなく、単語同士の関係の仕方を眺めるだけでおよそ終わりだ。七割では実用とするには心許ない数字だが、紙飛行機にして飛距離で採点するよりはまし。

「レポートの課題を調整することで、自動判定し易くする手はありますね」

「それはそうだよ」

と教授は答える。

「選択問題をマークシートで選ばせて大規模処理するのと同じことだね」

「自動判定されやすくしたレポートの書き方も当然あるわけですよね」

「それはそうだよ」

教授は答える。

「教授の好みにあったレポートの書き方とか」

「当然、点は高くなるよ」

「当たり前ですね」

「当たり前だよ」

それはとっても当たり前のことであるのだ。わたしたちがこうして特定の形をした物であるせいで、好みは生まれ、判定をする基準は生まれる。わたしの判定レポートを確認しながら、教授は呟く。

「面白い奴はいないな」

「まあそうですね」

というのは、個別のレポートの出来に関してではない。わたし自身は知らないが、個別の内容に関しては興味深いものも多分あったのだろうとは思う。ここでの話題は、剽窃の仕方に面白い奴がいないということ。教授の授業のレポートは当然、成績の判定に用いられるわけなのだが、そのまま教授の論文の材料ともなる。授業を行うことで、研究も兼ねてお得なのだと教授は言う。剽窃関係の網目の研究。こういうときには、珍しい症例を探す医師のような顔つきを教授はしている。

叔父の古い友人だという。

「それで、君の叔父さんは生まれたのかね」

「まだです」

とわたしは答える。

「早くしないと、叔父さんは自分で自分を生み出してしまうのじゃないのかね」

「それは多分」

ないでしょうと、わたしは答え、教授は頷く。

「叔父さんの手紙の投函元のプロットを見るかね」

そのデータはわたしが渡したものでしょうと、二人で笑う。

事件の発生場所を地図の上にプロットしてみることで、連続殺人犯の住処を割り出す手法は、極々平常に行われる。電車だとか幹線道路だとかの移動のしやすさで重みをつけた歪んだ地図の中心地点に犯人はいることが多い。犯行現場をばらけさせようとすることにより、むしろ自分の居場所を示してしまう。殺人などを行う者には、多分余裕がないのだろうから仕方がないが、間抜けでもある。中心地点を割り出せるのは、犯行現場が平面上に広がっているおかげなので、叔父の居場所の特定には利用できない。叔父の手紙の投函元の座標を平均すると、叔父の秘密基地は、地球の中心から北に少しのぼったところにある。陸地は北半球に多いので当然そうなる。

叔父は根拠地など持たず激しく世界中を移動しているだけなので、そんな計算は無駄なのだ。わたしの部屋の状差しには、ガラパゴス諸島のポスト・オフィス・ベイから届いた手紙だってある。そこを通りかかった人間が、手紙を取り出し、別の郵便局から切手を貼って投函をする仕組みで回る、無人局。シーランド公国の切手があり、トリニダード・トバゴから、トリスタン・ダ・クーニャから、アトス山から、叔父の手紙は届き続ける。日本からとイタリアからの手紙はない。後者は単に郵便事情のせいだろうから、失われた手紙も決して少ないとは言えないと思う。そのうちいずれ、ブーベ島あたりから手紙が届いたとしてもわたしは多分驚かない。発信地を消印順に繋(つな)いでもそこに絵として文字が浮かび上がるようなことはない。手紙とは、そんな繊細な作業の可能なペンではないから。

叔父が自ら閉じ込められている中国語の部屋。一方の穴から奇妙な手紙が差し入れられ、叔父は備えつけの辞書を用いてそこに並ぶ単語を置き換えて手紙を記し、他方の穴へ投函し、わたしに届く。わたしはその内容を、わたしという辞書で置き換えて、叔父への返事をしたため、叔父の部屋へと投函する。叔父は自分に閉じこもることにより、わたしをもその部屋へ閉じ込めている。

中国語の部屋は、意識とは何かを問うための、有名な思考実験の一つだ。わけもわからず翻訳を行う人間の閉じ込められたその部屋自体は意識を持つのかという問いを発する。故に機械は意識を持てないのだとその議論は主張して、反論もまた多いわけだが、叔父の意識はまた違う。自分は中国語の部屋になれるのかと、その部屋に人を引き入れることはできるのかと、叔父は多分考えている。わたしたちの交流は意識なのかと考えている。わたしはそう考えている。

4

わたしに大学のスタッフの知り合いが多いのは、必要によるやむを得ずの結果であり、積極的に望んだ関係ではない。

叔父はときたま、読解に最新技術を要する手紙を送りつけてくることがあり、その読解は個人の身ではどうにもならない。たとえば、電子顕微鏡でなければ見えないような、分子を並べて書いた極微の手紙や、高分子で記号を編み上げてみた手紙を送ってきたりすることがある。もっとも後者は、オリンピックの年にオリンピアダンを送りつけられるくらいのことだけれども。これは高分子からなる輪が五輪のマーク状に互いに相手を抱き合っている分子の名前だ。化学的にというよりは、位相的（トポロジカル）に絡（から）まっている。勿論（もちろん）人工的に合成されたものなのだが、人工的な分子というのは若干意味が不明なところがあって、生成された分子は即座に崩壊したりはせずに自然に存在できるのだから、自然なものだと言いたくもなる。こんな分子を普段の暮らしで見かけないのは、地球が構成されてくる間に、そんな分子を生成する過程があたりに存在しなかったからにすぎない。

可能なものはすべて実現されるわけではなくて、それを成り立たせる手順が必要だ。可能という言葉の幅はとても広くて、何かが実現されたことにより可能が不可能になることはあり、たとえば熱帯雨林はそこに存在しているので可能なものだが、一度切り倒してしまうと勝手には再生しなかったりして、復元はほとんど不可能だとされたりする。かつての地球はウランが勝手に集まって自然な核爆発を起こしたりしていたらしいが、長い長い時間をかけてウランが崩壊し続けているせいで、今の地球でそんなことは起こらない。絶滅してしまった生物を琥珀から再生するわけにはいかないが、だからといってその生物が存在していなかったということにはならない。可能なもの、かつて存在していたものは失われない。ただ手順が失われ、道が鎖されることは広く起こる。

ともかくも、そんな不明な物質を小脇に抱えて相談を持ちかける以上、スタッフの間を盥回しにされることも多い。微生物を利用したらしい手紙の解読は失敗することがどうしても多いのだけれど、ただ雑菌が繁殖していただけということもよく起こる。

一見文字の見えないものに、文字を見出す。下手をすればこの世にある全てのものはメッセージだという関係妄想に陥りかねない危険をはらむ。要は、あまり考えすぎないことだ。封筒につく雑菌にまで通信文の隠匿を疑っていてはノイローゼを避けられない。叔父からの指令が電波になって銀歯を鳴らすと主張しはじめたとしても、止めてくれる人はわたしにはいない。わたしがおかしくなったのだか、元からおかしい生き物なのか、母には判定がつかないだろう。気楽に、気楽に。自分のことを、叔父との唯一のチャンネルだとは考えないこと。気の向くままに叔父からの手紙を読み続けて、もしかすると、いや確実に、何らかの手段で隠されている手紙を見過ごしているには違いないが、そうすることが、叔父からのメッセージを読み取る最良の戦略だ。一つの手紙を一心不乱に読みこんで、わたしが正気を失うとする。空へ浮かぶ雲にさえも叔父の顔を見はじめたりする。それは一つの終わりであって、以降の叔父の手紙をわたしは読み取ることができなくなる。今の自分の身の丈に見合ったものだけを、好みに応じて読み続ければ、結果的に受け取るメッセージの総量は大きくなる。そうなるはずだと考えている。

必然的に最新の技術を用いざるを得ない手紙読解の旅は武者修行の趣を帯びたりもして噂(うわさ)は広まり、いつしかそちこちの業界で顔を覚えられ、最近は多少やり易い。凶状持ちとはこういう気分かとたまに思う。

「ＤＮＡ」

とわたしは丸椅子(まるいす)にお尻(しり)の端を載せた姿勢で問い返している。

「ＤＮＡだね」

准(じゅん)教授はそう答える。

「フルスクラッチされたＤＮＡだろう。さて、君の理解を聞いておこうか」

頭髪が薄くなりかけているのに奇妙に若々しい准教授は口頭試問の構えに入り、わたしは少し身構えて、頭の中で数を数える。五つ数えて息を吐く。

「アデニン(A)、チミン(T)、シトシン(C)、グアニン(G)の四種類の塩基が並ぶひも状の高分子。塩基の三つずつの組みで一つのアミノ酸を指定して、二十種類のアミノ酸の配列をコードしていて、タンパク質を合成する際の設計図として使われます」

高校の生物の授業を思い出しつつ読み上げる。准教授はわたしの答えを採点する様子は見せず、宙を睨（にら）んで思考を巡らす。思ったままが漏れ出ているのに気づいているのかどうなのか。

「まあ、ATCG、四つの記号で文面をコードしているのか、対応するアミノ酸でアルファベットの一部をコードしているのかというところだろう。同じことだが。内容については解読の手掛かりがないと難しいな。どのみち塩基配列を特定するところからか」

「機能を持つということはありませんか」

機能、と今度は准教授の側が鸚鵡返（おうむがえ）しして、二組の瞳（ひとみ）が見つめ合う。

「それはまあ、機能は持つよね」

右手の人差指をさまよわせつつ、続ける。

「活性を持つあらゆるものが機能と呼ばれるものを持つわけだから。活性がないという機能だってある。そうだね、君が考えるのはこういうことだ。このDNAを何かの生物に導入してみたとして、何か異変が起こるだろうかと。それとももっと飛躍して、馬の糞（ふん）あたりに埋めておいてヒキガエルに温めさせれば、バジリスクが生まれたりはしないかとかだね」

わたしは何やら得体のしれない染みの広がる椅子の上でこっくり頷く。

「これは卵じゃないからなあ」

というのが准教授の結論で、短く言えば、設計図とはそれだけでは役に立たないのだということになる。何の前知識もなしに楽譜を見ただけで曲を奏ではじめることはできず、舞踏譜を見るだけで踊りはじめることはできない。編み図に並ぶ記号の意味を知らなければ、かぎ針編みにとりかかることはできないし、パンチカードの穴だけを見て、ジャカード織機を動かすことは絶望的だ。

「ウイルスとか」

念のために訊いておく。

「一〇〇パーセントＤＮＡだけでできたウイルスというのはあまり聞かないかな。ＤＮＡ自体はそれほど危険な分子じゃない。遥かに膨大な周囲の他のものと整然と協働してようやく機能を現すものだから。昔は放射性元素とかに比べて廃棄の基準も緩かった。気をつけておけば流しから捨てても問題はまず起こらない。捨てないけどね」

まあ、通常に手紙と見るのが良いのではと准教授は言う。ＤＮＡのフルスクラッチと言ったって、一言で言うほど簡単なものではないらしい。ここで言うフルスクラッチとは、塩基を一個一個並べていって、DNAの並びを一から製造することを指す。そんな分子をピンセットで摘まんで糊づけするわけにはいかないから、作業は当然確率的な手段によって行われる。ビーカーに入れてひたすら振るとか。歯車を入れた箱を揺さぶるうちに計算機ができあがるみたいな話で、少し不思議だ。既存のDNAを切り貼りしてみせるのではなく、鍋で振るって雑多なものを作っておいて、望む形のものを漉しとる。結合がゆるめの塩基の並びというのも存在し、好きな場所に好きな文字を並べるのには、やっぱり技術的な難しさが存在するとか。鎖の長さとともに合成の難しさも増大していく。

「基本線から外れてはいない」

ちょっと拍子抜けしたというように、准教授は呟いている。

「要するに、君の叔父さんが試み続けているのは、困難の中で書く技術だ。DNAで書かれた手紙というのは面白い試みではあるけれど、路線通りだ。真面目な研究と呼ぶにはちょっとスパイスが足りていないね。どんな状況の中でも変わらずに文章を書き続けるってことだろう。ペンと自分の間の関係がどんな形になっていようとも」

　わたしは頷く。

「でもやっぱり望まれるのは、奇妙な状況に置かれた人物が、それまでになかったような文章を書きはじめることじゃないのかな。体験の重要性と言っても良い。その人物にしか書き得ぬ事柄や、その道具があってはじめて可能になるものを書くっていうのが、ものを書くっていうことになるんじゃないかな。分野が違うから知らないけどね」

　そういうこともないのかな、と准教授はボールペンの尻で頭を掻（か）いている。

「もっともですね」

　というのがわたしの答えで、それ以上には言いようがない。あえて叔父を弁護しようとするのなら、叔父が暇にあかせて証明し続けようとしているのは、どんな奇妙なことを書き記すことができる状態におかれようとも、にもかかわらず、通常の文章を書けてしまうという事実の方だというあたりとなる。

　あるいは、奇妙な設定の中で書き続けても、オリジナリティなどは発生しないと示そうとしているのだと言うことはできる。真実オリジナリティなるものが存在したとして、そんなものなど誰にも理解できないのではということだ。そういう意味では叔父は既にオリジナリティに満ち満ちた文章を論文サーバーのどこかに投稿していて、誰にも理解することができないので無視されているという事態だって想像できる。固有と一般の間が滑らかな坂道でつながっていないのならばありうることだ。一般的な文章だけを取り出して、普通にすぎると指摘するのは滑稽でもある。一般的には、それだけしても新たな書き方を見出せないなら、単純に文才がないと見なされるのだろうとは思う。

もっとも、叔父の生み出そうとするオリジナリティとは、叔父自身であるわけなのだが。

「論文の自動生成と、自動判定ね。あの細部には研究者っぽい閃きがあったような気がするよ。それに比べればこれは」

試験管をこちらへ向けて振ってみせる。

「可能な技術で可能なことをやってみたって感じだね」

と評点が辛い。

「どちらかというと、理念を示したものじゃないのかな。DNAの中に文章を紛れ込ませて、それが世代を継いで複製されていくというイメージを喚起するための」

そんな研究をどこかで聞いたことがあるような、と准教授は首を傾げる。DNAの眠れる部位に、未来へ向けたデータの保存を行う研究があったようなと、呟いている。DNAの大半は、意味のない情報をコードしていると言われたりする。利用されているのはほんの一部分なのだとか。利用されていないとは言いつつ、そこへ進化の荒波を乗り切るための情報を着々と蓄えているのだとか。

脳の利用されていないと考えられていた部位のように、DNAの利用されていないとされる部位もまた、実は使われていたと知られるようになるのではと、わたしは黙って考えている。小説における風景の描写が実は本筋に絡んでいたりすることがあるように、そっちの方が本筋だったと知られることも起こるのだろうなと考えている。

「余裕をみて一週間ほどで読み取りは終わると思うよ」

准教授は言う。

ヒトの全ゲノム解読という一見無謀な試みが世界的な協働の末に終了してから、随分時間が経過している。そのおかげで特定の疾患の原因遺伝子が特定されたりもしたのだが、今度はその原因遺伝子が特定の人間にしか作用していないと知られつつあるのが最近らしい。人間は個別に暗号化されている。

ヒトゲノム計画が進む間にDNA読み取り技術は長足の進歩を遂げたわけだが、それでも小娘が突然持ちこんできたDNAをぽいと読み取りに回してくれるほど手軽なものには至っていない。

もしかして、ということだ。

もしかして、叔父が何かの新発見をしていたならば。その可能性を勘案し、読み取りにかかる労力に見合うと考えられる程度に、叔父の名前は浸透している。

また来ます、と准教授に告げたわたしが叔父に次の手紙を書くのは、五週間後の出来事になる。

「親愛なる叔父さんへ
人騒がせを有難う。でももう危ないことはやめて下さい。わたしがメッセージに気づかなければ、叔父さんはテロの容疑者として逮捕されていたはずだから。
叔父さんの素人（しろうと）探偵としての見解は、現在FBIが調査中だそうです。手紙にこんな突拍子もない単語を書かせるのはやめて。
もう、本当に危ないからやめて下さい。フォート・デトリックから流出した炭疽菌のＤＮＡパターンの一部をスクラッチするなんてことは。炭疽菌の切り刻まれたＤＮＡ単体が人間に自然感染したりしないことをわたしは知っているけれど、国家の保安に関わる人たちまでが、細かな生物学的知識を常識にしているとは考えないで。書かれるべき文字を知っているなら、誰でも文字を記すようにしてＤＮＡを組み上げられると知っているとは思わないで。

炭疽菌のＤＮＡを照合したのは、叔父さんが昔開発した自動生成論文判定プログラムの進化形です。それがなければ、わたしは叔父さんの送って来たＤＮＡが、二〇〇一年の炭疽菌テロに用いられた株と同じ配列を含むことを突き止められなかったかも知れないけれど、そんなことは誇らないで。今叔父さんは笑っていると思うけれど、笑うのはやめて。

凶器として使われた炭疽菌の配列の後に、叔父さんが素人推理で割り出した、炭疽菌テロ容疑者の名前をコードするなんていうのも、本当にもう止めて下さい。四種類の文字の滅茶苦茶に見える並びが、叔父さんの推測した容疑者の名前を示していると納得してもらえるまでに、わたしがどれだけの時間を使ったか考えてみて。滅茶苦茶な並びからは、何だって取り出せるということくらいは、彼らだって知っていて、叔父さんの容疑を晴らすのは本当に大変でした。もう一度書きます。本当に大変でした。

素人探偵も良いですが、こういう茶飲み話的なサスペンスものは、普通の手紙で出版社に送って下さい。普通の人は、意味ありげな文章を、特に理由もないままに複雑な通信手段で送られるなんていうことに、全く慣れていないのです。一介の大学生が、防衛省と警視庁公安部からの呼び出しを喰らうなんて、心臓に悪すぎます。

御自重下さい。

（姪（めい））」

そんなこんなのなりゆきを経て、叔父がテロリストを特定したという成果によって、国防総省（ペンタゴン）から勲章だか感謝状だかを貰（もら）うことになったとかいうニュースを耳に挟んだのはそれから数カ月が経（た）ってから。文章としての意味はとれるが、実感としては反映されない。言葉とはそんなに便利にできていなくて、突拍子もないことはまず文章として突拍子もなく見えてしまう。文章とはまず保守的であり、語られそうな内容はあらかじめ決められている気さえする。

お話の中で唐突にこんな展開をはじめることはできないのだ。大きな話題を出すためには、事前の準備が必要で、急に大きな単語を出せばそれは単純に破綻と呼ばれ、受け手の側は怒りだす。折角真面目に付き合ってきたのになんだとなる。ほのぼのとした家庭ドラマの最終回が地球に迫る隕石の姿で終わることは許されないし、途中で怪獣が出てくるならばその旨事前告知があるべきなのだ。誰かがある朝虫になるのは冒頭部での出来事で、現実ならば耐え切ることのできる出来事を小説も耐えられるとは限らない。想定されない出来事はただ夢のようにしか捉えられず、他人の夢の話はつまらない。

夢物語。確かにそうだ。いつどこでだれがどうしたと切り混ぜていく遊びとしても、できは良くない。笑えないから。滑稽な文は夢となる。確かに起こったことでさえ、夢の話に聞こえてしまう。任意とはいえわたしが拘束されたのが事実であっても。

テロリストからの報復を避けるためという理由で、顔写真の公開はなく、ここでもやっぱりわたしは叔父の顔を見られぬままだ。名前が公開されているのは、例によって叔父は自分の利用したツールを広く公開してしまったからであり、叔父の所在がわからなかったからでもある。叔父への報奨の発表は同時に叔父が自主的に当局へ出頭することを呼び掛けていた。

今回叔父が、「ディプロマ・ミルの踏み台として機能している電子学術誌に公開したのは、随分と数学的な装いを持つ論文で、そのくせ「ネットワークにおける気の研究」というふざけた表題を持つ、イカサマ論文の気配を濃厚に纏うものだった。まあつまり、適切な形で記述された網目を与えられれば、その網の中で肝となる点をみつけることができるという手続きを、叔父はいつしか開発していた。そこへ膨大な関係書類もろもろを突っ込むことにより、安楽椅子探偵よろしく実行犯を指摘してみせた、というのが風評だ。

気の流れだとか、経絡だとかそうした用語に意味を包んで、形式的に厳密な成果を提出した。あまり趣味の良いやり方ではなく、真っ当な学術誌などには載らない種類の論文だ。その正しさが認められても、用語の不穏さに修正を求められるのは間違いない。既に平常の営みとして通用している言葉があるのに、わざわざ胡散臭い用語を用いる意味などあるはずがない。本気でふざけているのでない限り。アブストラクトもイントロダクションもサマリーもディスカッションも、東洋の神秘に包まれた、表を裏と、裏を表と言いくるめて全てを述べるが何も述べない種類の言辞に溢れ、これはただのお喋りとして無視するしかない。むしろよくそこまで飽きもせず法螺を並べ続けられるものだと感心したくもなるけれど、無意味のみを持つ文章を鼻歌まじりに即物的に構成するのは叔父の十八番だ。重要なのは、構造の同定手続き部分だけなのに、ネットワークの要素をツボ、ツボを繋ぐ道を経絡、ネットワーク中に見出される要路を龍脈と呼びはじめるあたりで、真っ当なものとは見えようがない。

椅子と机とビール瓶でも幾何学はできる。二十世紀最大の数学者の一人、ヒルベルトはそんなようなことを言ったわけだが、今回の叔父の論文を解読するのに必要なのは、その種の単語の置き換えだ。単語の意味に捕われず、ツボとか経絡とかいった語を、AとかBとか単に違うものを示すと考え、相互の関係だけを虚心に眺めることが肝要だ。

もっともそれを行うだけでは、まだまだ叔父の文章は意味をなさない。危うい用語を当たり障りのない言葉に置き換え、関係同士の骨格を取り出す作業が必要であり、余分な肉を流してしまうと、そこには骨の網目が現れる。

その論文がどうやって解読されたのかいくら聞いても、わたしには未だに納得できずにいるのだけれど、叔父の論文の解読プロセスは以下の通りだ。

1. 叔父がその論文で提出した手続きにより、叔父の論文を処理する。
2. 叔父がその論文で提出している手続きの解説がそこに現れる。

箱を開ける鍵が箱の中に入っているような状態だ。オートロックの部屋に残されたホテルの鍵や、車の中に取り残された鍵と同じだ。フロントに電話をするか、鍵屋に電話をした方が良い。そんなけったいな形をしているのに論文が見事に解読されたのは、単純に根気のなせる業である。

暗号化の手順が書かれた文章があったとして、その文章自体をそこに記された手順で暗号化するとしてみる。暗号化が単純なものであれば、解読は可能だ。たとえば、以前叔父が送ってきたタイプボールで、タイプボールの表面の並びを記述した文章を打ち出したとする。これはただの換字式暗号なので、解読するべき文章が充分な長さを持てば、文字の出現頻度を数えることでかち割ることのできる公算が高い。鍵は箱に入っているが、箱の裏側はガラ空きなので、取り出すことは簡単にできる。

同じようなことである。

同じようなもののはずだが、自分でやれと言われると御免蒙る。というかできそうにない。

そんな執拗な読解を行ったのは、叔父マニアとでも呼ばれるべき人々であり、そういう意味では、解読の鍵は叔父自身だ。叔父が書いたという知識がなければ、その文章は全く意味のないものとして、読み流されることさえなく、ランダム生成されたジャンクとして放置され続けるかゴミ箱に直行することになっただろう。

文章の読解は、その文章を誰が書いたかによらず行われる。

その無邪気なスローガンを、わたしも一応、承知している。それと同時に、世には程度というものが存在していて、全ての文章の読解に常に全力を注ぐことなどできないのも明らかだ。

その点、叔父が人質にとっているのは自分自身で、有用性を盾にとり、自分の存在を主張している。叔父の名前がこの世になければ、その文章は真実をその身に秘めたまま解読されることがなかったはずだ。

そこまで考え、わたしははたと思い至る。

「叔父さん　（姪）」

そういうことなの。

わたしは叔父に、ほんの短いメールを送る。送ったときにはもう既に、そういうことがどういうことだか、全くわからなくなってしまっている。

叔父はわたしのメールを無視して、いつもの調子の手紙を、今回は妙に赤黒いインクで書かれた手紙を寄越すに留まる。

「姪：君は一目で見抜いたろうから、まず検査の手間は省いておこう。この手紙のルミノール反応はプラスだ。わたしは自分の血でこの手紙を書いている。出血は少なくないものだったが、命に別状はないので安心してくれてよい。流れ出るままにしておくのも何やら勿体（もったい）なかったのでこうして使っているだけだ。

落石に巻き込まれてね。下敷きになりかけた。パワーショベルを使っていたんだ。岩を積むのに熱中してしまってね。文字をスプレーで書き殴った岩を積むのに。挙句、この体たらくだ。折角積んだ文字たちも崩れてしまって使い物になりはしない。文字通り、文字に潰（つぶ）されかけたよ。こうしてまた積み直してはいるわけだが、やはり片手で運転するのは辛（つら）いな。今回はここまで‥叔父」

わたしは椅子から腰を浮かしかけたままの姿勢でその手紙を読み終える。思わず走り出そうとして、行く先がわからないことを思い出す。そうして同時に、行く先などはないことを思い出している。

5

わたしは、叔父の顔を知らない。

だから、街ですれ違うどの顔が叔父であっても不思議はないということになる。叔父は母に似ているとは言うものの、姉弟同士の相似などは、当人たちが主張するほどあてにならない。

わたしよりは年上の男性のはずなのだが、人は自分の年齢を背中に貼りつけて歩いているわけでもないし、わたしは男性の年齢というのがよくわからない。少なくとも、半ズボン姿の少年などではないはずだ。成人男性であれば、それはどれも叔父でありうる。おそらく、日本人には見えると思う。

わたしは、大学の大型計算機センターから計算機時間を借りだしている。機械の時間は借りられる。大型の計算機の生み出す演算パワーは時間そのものの創出と言うことができ、分配されて切り売りされる。

叔父が開発したのだというプログラムを走らせるため。わたしの知る、叔父と関係を持つ人物や、叔父が相互に関連づけたものを手当たり次第に入力していく。適切な符号化を行い、重みの評価をまるきり主観で行って、片っ端から網目を織り上げていく。画面に浮かぶ模様を見つめ、ボールペンを嚙みしめながらそこへと浮かぶパターンを眺め、その模様から連想される関係性を追加していく。

連続殺人犯の住所を突き止めるのに使われるあのプログラム。そこから導き出される結論は、叔父は地球の中心斜め上、三町進んで煙草屋の角を曲がったあたりにいるのだというものにすぎないわけだが、わたしが今突き止めたいのは、叔父の居住地などではない。

そんなものがあるとするなら、とうの昔にどこかの国の何かの機関が叔父を拘束しているはずだ。叔父は激しく移動している。最新技術を用いた実験などを行いながら。

わたしにとって、叔父の存在というものは、物理的な存在ではない。そこに立ち、手を振るようなものではなくて、もっともっと抽象的な、そのくせひどくありふれている空気のようなものであり、こう言うのが許されるなら思考のような形をしている。

わたしはこうして叔父を書こうとしているのだが、捕まえたいのは叔父という人間ではない。

もっと抽象的な地理。関係だけが描かれた地図。そこには通常の意味の距離などはなく、関係の連鎖があるだけだ。

叔父の用いたプログラムがテロリストを指摘することができたのならば、叔父を指摘することだってできるはずだ。充分に膨大なデータさえあればという条件はつく。正直わたしは、ホームズとかジーヴスとかいう名前のつきそうな叔父のプログラムをそれほど信用していない。たまたま意味ありげなポイントを偶然に指摘できただけではないかと疑っている。探偵プログラムなどというものは、使い古されたミステリ的妄想のように思えるから。警察の調書程度のものを入力して、犯人を指摘できるとはとてもじゃないが思えない。百歩譲ってもしそれが機能するなら、個別の些細(ささい)な推理などというものがどうでもよくなる、膨大な因果関係の処理をする際に現れるものだと思う。ハリ・セルダンの開発した心理歴史学（サイコ・ヒストリー）の対象が銀河帝国の歴史の行方であったように、統計だけが問題となるような場面でかろうじて機能することがあるかも知れないというあたりのはずだ。

それすらも多分過大な期待で、プログラムが叔父によって実行されたものである以上、それは拡張された叔父の目であるにすぎない。叔父の目がたまたま、現実の世界を捉（とら）えた。ただそれだけのことだと思う。

わたしは推論を行わない。叔父のプログラムがそれを行うから。自動的に。叔父のプログラムが有効ならば、それは多分推論ではない形をしている。

プログラムからは結果が出るのに、何故（なぜ）その結果が出たかはわからない。そうしたことはまま起こる。一々のプロセスを追いかけることができても、全体像は理解できない。そうしたこともまま起こる。スクランブル交差点を渡る一人一人の動きを追跡できても、その流れを上手（うま）く説明するには言葉の工夫が必要だ。脳の中を移動していく電子の動きを司（つかさど）る方程式が知られていても、意識や思考が湧（わ）きだす理由は理解ができない。そのくせ脳が何を見ているのかはあまりにも即物的に知れたりもする。その間には言葉がない。細かな原因の連鎖があって、大きな現象としての結果があり、間を埋める言葉はそこにはなくて、言葉がなければ推論はない。因果の網は途切れないのに、記述は階層状に積み重なって浸透し合い飛躍する。

わたしは推論を行わない。

わたしは一体誰なのかとか、何故叔父はわたしの叔父なのかとか。わたしは何故、こうして叔父を探しているのかとか。

「そういうことなの」

とわたしは問う。はじまりから順を追ってはたどり着けない、何やらとても美しい種類の結末。素晴らしい結末だけが存在し、しかしそこへと繋がる、はじまりのお話は存在できないような終極のエデン。叔父の名前を鍵としてしか解読できない叔父は、そんな種類の存在しない結末にどこか似ている。

「コンピュータ」

スタートレックの真似事をして、わたしは呼びかけてみるが、当然応えは返らない。エンターキーを一つ押し込む。答えは今は返らない。計算が終わったところで、回答はわたしのアドレスに自動的に送信されるように設定をした。

わたしの問いは単純だ。

叔父をめぐる記述の関係性の網目。

その骨格をなすのは一体どんな構造なのか。

わたしの理解する叔父の関係性の網目。それを叔父が理解する要点整理プログラムに従って処理した場合に、出てくるものは何であるのか。

多分、叔父が。

叔父の見ている叔父の姿が。

それはどこかの住所なのかも知れないし、抽象的な言葉であるかもしれないし、42とか意味を持たない数字であったりするかも知れない。

推論を放棄している以上、出てきた結果に異議を唱えることは不合理だ。

わたしは多分、そこから出てきた何かの形を、叔父と認める。少なくとも、今わたしが理解する限りでの叔父と認める。わたし自身が叔父なのだと言われても、そうなのかと納得してみせる自信がある。

『ソラリス』に出てくる主人公は、自分が夢の中にいるのか現実の中にいるのかどうかを判定するのに、手計算と機械計算の結果が一致することを根拠としていた。ちょっと意味のわからない推論だけれど、わたしには比較対照をするものさえない。

夢の中で、これが夢だと告げられるのは、合理的だ。

コンビニエンスストアで日々計算され続ける、床面積あたりの売上。列車のダイヤを決めるのに、エレベータがボタンへの応答を決定するのに、学生を望みの学科へ分配するのに、日々利用され続けている統計処理。複数の意思が乱れる中で、理屈は知れず、とにかく勝手に浮かび上がってそこにいるのだと涼しい顔をしている何か。


たとえば、その計算結果は、わたしの家のどこか近所の番地を示す。首を捻(ひね)って懐手(ふところで)をしてそこへと向かうわたしが出会うのは、明らかにわたしよりも年下の少年みたいな形をしたもの。


「こんにちは」

とわたしは言う。

「こんにちは」

と不機嫌そうに彼は答える。

「おうちの人はいるかな」

とわたしは訊(たず)ねる。

ううん、と少年は首を横に振る。ここには僕ひとりしかいない。僕しかいないよと少年は言う。

ねえ、とわたしは訊ねるだろう。

「あなたはわたしの」

少年は不意に目を光らせて、右手を上げてわたしの発言を中断させる。それは言ってはいけないことだと告げるように。そうして一つ、深く頷く。あなたはわたしの叔父なのかと、わたしは訊かない。

「そんなことは起こるはずがない」

彼は言う。誰かに向けて苛立つように言葉を続ける。

「そんなことが起こるとは認められない。そのためにはもっと慎重で緻密な下準備が必要だから。あなたのお祖父さんが今も活発に活動していて、あなたよりも年下の叔父をつくって歩いているとか、そういう仄めかしや、理解のできる解釈が必要なんだ。原因や結果という形で理解できる繋がりなしに、結果だけが突然現れるとかいうお話は、受け入れられることが決してないんだ。人間に理解できる推論が不可能なら、それは単に理解できないものなんだよ。たとえそれがどんな種類の真実でも」

一音一音を区切るようにこう続ける。

今のところは。

「その人が存在すると認められるためには、実際にその人が存在している証拠や脈絡、手続きを示さなければならないんだよ。どんなつまらない形であっても」

でも別にわたしは、叔父がこうして存在していることを、誰かに認めてもらいたいというわけではない。わたしに納得のいく形で、叔父を書くことができれば良いだけだ。

それでわたしが納得できるのならば、わたしは実はいなかったとか、これは叔父がわたしの名前を借りて書いた文章だとか、叔父は実はもう既にプログラムに置き換えられていたのでしたとか、叔父とはどこかの誇大妄想狂が開発した軍事用のＡＩだったとか、猿がタイプライターを叩(たた)いていたとかいう古代のＳＦみたいなお話が登場したって、素直に受け入れる準備はとっくの昔にできている。

少年は、もしかしてこう言うのだ。

彼とわたしから生まれる子供が叔父になるとか。

そうしてわたしは、不意に大人びた眼差しを向ける青年をそこに見出したりすることになる。

そんなので良い。そんなので全然構わない。そんなことが起こる場所では、子供という言葉の意味さえ違ったものになっているに決まっているから。

頷くわたしの目の前で、青年はどんどん成長していき、わたしの年齢を追いこして、どんどん老化をすすめていく。身長が伸び、お腹に肉が集まってきて、肌に皺が寄り集まって、髪の生え際がどんどん後退していく。その姿はポール・ディラックに全然似ていない。

「待って」

待って。そのあたりでやめて。

君の思う叔父さんは、こんな叔父さんだったかい、と叔父さんは言う。

「ようやくわたしを見つけ出したな」

と叔父さんは言う。

「これは難儀な叔父さんだな」

まだ存在していない彼は、自分の体を確認しながらきっとそう言う。

「直接会いに行ったらどうかな」

その問いかけにわたしは首を横に振る。

叔父さんの胸ポケットから、携帯電話の呼び出し音が響き出し、叔父さんはこちらへその画面を向けて、わたしは目覚める。

わたしの夢は何故かいつもとても短い。ほんの午睡の間にも一生が流れたりすると聞くわけだが、そうした経験をわたしは持たない。長い時間をかけて短い夢を見るなんてとても損をしている気分になる。眠っている時間に比して長い夢を見られるのなら、思考は夢に任せてしまえば良い気がしてくる。光速に近い速度で移動する物体の中の時間は、外側から見てゆっくり流れるようになるという。自分以外を猛烈な速度で飛ばしてしまって、ゆっくり考える時間を得る手法が夢だったらと、わたしは寝ぼけた頭で考えている。超高速で旅に出た人々が帰還してきて、老婆となったわたしは夢から速やかに醒め、余分に与えられた何百年だか何千年だかの間の思索を話しはじめる。わたしの夢はそうできてはいないのであり、わたしだけが光速に近く眠り続ける。

まだ暗い部屋の布団の中で手を伸ばし、脇腹あたりで存在感を主張している携帯電話を引き寄せる。枕元を手探りし、充電用のコードへ繋ぐ。

画面にメールの着信はない。わたしはひとつ目を擦り、あと十五秒の惰眠を貪る。既に十五分が経過したと携帯電話が主張している。布団を撥ねのけ、下着一枚の体が冷却されていくのに任せる。さすがに耐え切れなくなったあたりで立ち上がり、電気を点けて、部屋の入口横に脱ぎ捨てられているのびのびジーンズの抜け殻に足を踏み入れそのまま真っ直ぐ引き上げる。パジャマを羽織って、机に向かう。メモ帳を引き寄せ、こちょこちょと多少計算をする。とっくの昔に、寝ている間に、計算は終了しているはずだと確認し直す。

つまるところは。

「親愛なる叔父さんへ
親愛なる叔父さんたちへ。　　(姪)」

わたしはそう、メールを送る。

教授へと早朝一番、研究室へ押しかける旨メールを出して、髪を撫でつけ、ファンデーションを手に取ってみてそのまま戻す。パジャマを放りキャミソールを着け、少し躊躇い、キャミソールをもう一枚重ね着してその上にパーカーをまとい、コートを羽織って玄関を出る。駅前のコンビニエンスストアの硝子ドアに寝癖頭のわたしが映る。

わたしが計算機室で見出すのは、ループに落ち込み、くるくると虚しく回っている判定プログラム。複数の分岐したルーチンたちが活発に互いを牽制しつつ、分岐の先のどの結論を議決するのか、盛んな言い争いを続けている。計算はそうして続いているが停止をする様子は見えず、結論が導き出される気配はない。健忘症に襲われた登場人物たちが自分たちでは気がつかないまま、堂々巡りの議論を続ける。抽出された叔父の特徴たちは互いに互いを論駁しながら、どこかの結論へと落ち込むことを拒否し続ける。

ドアを蹴破るようにして登場したわたしが突きつけたプリントアウトを乱雑な机の上に放り出し、教授は降参するように両手を挙げる。

「二十四」

と眠そうに重い瞼を持ち上げつつ、教授は問う。

「二十四」

　とわたしは答える。

「あなたも叔父の一人ですね」

　わたしは問うのだ。

「君の叔父さんとは、古くからの知り合いだからね」

　とっくに気づいているのかと思っていたけどね、と続ける。

「正面から訊かれたので正直に答えておいたが、その結論は面白くないな」

　今更そんなところからはじめるつもりかと言いたげに肩をすくめる。

「そんなものは通常の推論でたどり着ける結論だ。君の叔父さんの仕事は多すぎる。かかわる分野も多すぎれば、生産スピードも異常だ」

　わたしは頷き後を引き取る。

「叔父の手紙は、最新技術を用いて書かれることもあるわけで、そんな施設や材料は手軽にポケットに入れて持ち運べるわけではないし、それなりの人数のかかわる息の長い研究を経なければ出てこない種類のものです。当たり前すぎることですけれども」

では何故(なぜ)今更、と教授は首を傾(かし)げてみせる。

「わたしが納得できる証拠が出たから」

わたしは机の上のプリントアウトを指さして見せる。教授は頭を振りながら、仕方がないなと口の中で呟(つぶや)く。

「君が叔父さんと呼んでいるものの大半は、わたしたちの共同事業だ。もっとも、誰が所属しているのかわたしは知らないから、君が推測したように二十四人からなるものなのかはわからない。構成員は頻繁に入れ替わっているはずだから、二十四という数字自体に深い意味はないだろう。そうとは知らずにかかわっている人間だって多いはずだ」

その数字はわたしがループから取り出してきた、分岐して活動していたルーチンの数だ。叔父のプログラムが特徴を抽出するものであるならば、叔父は二十四人の人間からでき上がっている。

「些(いささ)か単純すぎる推論ではないかな」

と教授は口の中で呟いている。

「秘密結社」

語尾を上げつつわたしは訊ねる。教授は苦笑しつつ答える。

「そんな大仰なものではないがね。実際にブルバキという名の人物が主宰するブルバキのようなものと言うこともできる。元々は競争的研究資金獲得のために組織されたものだ。少なくともわたしはそう聞いている。他の関係者というものがいるとして、同じ説明がされているかは知らない。馬鹿馬鹿しい研究を続けるために、馬鹿馬鹿しい研究を資金に変えるための——法人格というのも妙だな——不法人格かな。国はそういう研究に渋いから。

もっとも君の叔父さんの研究は、基本的には叔父さんの手で行われているはずだ。着想を支えるために施設の必要な実験や、計算資源を提供するのが協力者たちの役目ということになっているのだと思う。そういう意味では君の叔父さんの真に特筆されるべき能力は組織力だ。無定形の組織をこうして見事に運用している。未だに尻尾を摑まれることもなくね。というか尻尾をつかまれても切り離せば良いように多くの尻尾を生やしている。

君が叔父さんからの手紙にではなく、叔父さんの実像に迫ろうとしていたならば、もっと早い段階で、両者の間のプロフィールの齟齬に気づいていたはずだ。叔父さんは自分の姿に似たプロフィールを前面に配し、張り替えながら活動している。これは全く違った看板を掲げるよりも有効だ。似てはいるがちょっと違うというところが重要なのだ。決め手が常に欠けるようにしておくのが肝だね。ほんの一点の強い相違は、同一性を強固に否定する。もう随分と長いこと会っていないが、わたしもたまに思うことがあるね」

何を、と問いあげるわたしの目の光を無視するように、教授は話題を不意に転じ、腕を組むと何かを見つめるように目を閉じる。

「ハールス＝ジュベットの定理の話でもしよう。ラムゼー型定理の一形態だ。いかに高次元の巨大な○×ゲームにおいても、必ず勝敗が決まってしまうことを主張する。二次元での三×三の○×ゲームにおいては、君も知るように引き分けが存在するが、これは複雑性が足りないからだ。充分な複雑さを持つその種のゲームにおいては、必ず勝敗が決する。この文章の意味を翻訳したまえ」

わたしは学生らしい条件反射で、視線を教授の頭上にさまよわせる。巨大な○×ゲームの盤面がわたしの頭に展開し、埋め尽くされてはやり直され、何度も繰り返し○と×で埋め尽くされていく高次元の立方体を藪睨み（やぶにら）みにしてわたしは答える。

「充分な複雑ささえあれば、どのような配置をいかに適当につくろうとも、必ず、縦横斜めあっち、のどこかを一直線に貫く配置が存在する」

四次元以上の方向などは、あっち、とでもしか呼びようがない。

証明終わり、とでも言いたげに教授は笑みを浮かべている。

教授が言いたいのは多分おそらくこういうことで、叔父はもはや充分に複雑な構造の中に不可避的に存在してしまう形に似ている。本人の意思にかかわりなく存在してしまう何かの配置。本人の意思にかかわりなく存在してしまう配置を強制してくるゲームを、自らの意思で構成すること。

「不滅」

わたしは一言そう訊ねる。

教授は出来の悪い生徒に対して嘆くようにゆっくりと大きく首を振る。

「変転」

6

「姪：君はようやく、わたしの一部に関して何かの理解に到達したようだ。それは当たり前にすぎる理解で、わたしは君にもっと外に出ることを勧めたい。わたしの手紙にかかずらい続け、それに駆動されるだけではなくね。そろそろいい大人なのだから。お洒落(しゃれ)などもするのはどうか。

さて、君の実行したプログラムについてはこちら側から確認させてもらった。結論から言えば、君のプログラムが停止しなかったのは、君のプログラムミスだ。君がクラス Oji とクラス Moji においてややこしい方法で定義している to_I メソッドについて少し検討してみると良い。わたしとしては、他人に見せることを想定していないプログラムにおいても、もう少しまともなクラス名を命名する癖をつけておくことを推奨したい。今回のバグがその二つのクラス名の混同から生じたことを、わたしは疑っていないわけだが、判断は君にまかせよう。まあ些細な問題ではある。一見、本質的に見えるのは、君が間違ったプログラムを運用したにも拘わらず、わたしについての真実へたどり着いたということだ。素朴な推論で簡単にたどり着ける結論へ、遠大な迂回路をとってしかも間違ったやり方で到達した。重要な示唆を含むようでもあるし、そうでもないようにも思える。

　君の実行したアルゴリズムは、元々わたしが書いたものだ。それにより自分が特定されるような代物を、わたしが世に出したりすると思うかね。少なくとも対抗策を確立してからにするはずだとは思わないかね。そう考えれば君の試みは最初から失敗していたとも言えるわけだが、何事にも演習や実地の経験というのは必要だ。その点はプラスに評価しよう。君が不完全な確認作業しか行わなかったことも明らかだが、全ては時間との兼ね合いの中で行われる。結果的に推論の過程は誤っていたわけだが、正しい結果が導かれたわけなのだし。勿論、バグというものは人間の側からみた都合であるにすぎないわけで、機械は指示に従って作動しただけのことだ。君は正しくバグを出力するプログラムを書いたということになる。もしかすると、それこそをオリジナリティと呼ぶこともできるかも知れないわけだ。バグのことをね。

いつかの問いにここで戻ろう。

わたしたちは、あまりにも簡単にバグを書いてしまうことができると思わないかね‥叔父」

バグとは、初期のメカメカしいコンピュータに紛れ込んだ虫(バグ)が、リレーの間で焼け死んで計算結果を乱したことに由来する、というのは伝説に属するものらしい。タイプライターの配列が左上でQWERTYと並ぶ理由が、打ち間違いを減らすための嫌がらせ的配置であるとするのと同じく。人間にとって理解がしやすいというだけの理由で絶滅することのできないお話だ。

わたしの計算に含まれた間違い、絡(から)み合うタイプライターの腕、叔父の磁石の間に挟まる砂鉄、叔父とわたしの間の通信、常に間へ割り込んでくる夾雑物(きょうざつ)たち。分子機械の暮らす世界は、熱によって激しく揺動されていて、野球のボールがばんばん飛び交う中で、ドアのノブを捻(ひね)ろうとするようなものらしい。これは先日の授業で聞いたたとえ話。

本来わたしが見出すはずだった計算について手短に記す。

叔父と文字の間に挟まれて焼け死んでいたバグを取り除いた結果現れたのは、やっぱり二十四個へ分岐していくルーチンたち。また叔父に担がれたかと疑ったが、とりあえず一つのバグを取り除いたプログラムは、まだその先に運動の変化を見せた。ほんの細い通路を抜けて。

二十四個のルーチンは更に小さな単位へ分かれ、それぞれに人格じみた特徴を備えたルーチンは、単文へと、単語へと次々分解され続けた。そのままアルファベットの単位まで分解されるかと見えたところで、単語間の結合が再開されて、ルーチンは再び肥大化していく。新聞を切り貼りして脅迫文をつくるみたいに。

わたしが入力しておいた叔父に関するデータはそれなりに巨大とはいえ有限だから、このプログラムの振る舞いもいつかは有限のループに落ち込むはずだ。あるいはその変転の末、停止して結果を吐き出すということもあるかも知れない。停止というのが周期一のループであることを考えれば同じことだ。計算過程が発散するということもありうるわけだけれど。

わたしが傍らのメモ帳に、天文学的なおおらかさで見積もった概算によれば、このプログラムと叔父というデータの組み合わせは、既存の叔父に関するデータを分解しつつ再構成して、ルーチンをアルファベットがわりに用いて一分間に二〇〇ページ程度の文章を、向こう三十年程度にわたって吐き出し続けることが可能なくらいの複雑性を備えるようだ。

それが本来、叔父がわたしに見つけさせようとしていたものらしい。

叔父の手紙は肉筆でもって書かれている。その内容については、まあ元となる話題の提供くらいは、他の人々によっても行われていたことはあっけない告白で知れたわけだが、叔父は少なくともそれを自分の手で記したわけだ。ただ引き写すだけにせよ。それを示すために、肉筆での記述は行われていた。当然、肉筆のように見える出力装置を開発している可能性もあるわけだけれど、疑い続けても切りはない。

叔父という存在とは、叔父を部分として含む何かの種類の非正規的な研究活動の名前だったらしいし、今もそうして活動している。

秘密基地とか、結社とかいう種類の、いかにも男の子らしいふざけた仕業であり、役に立たないことを継続的に行うための経済機構だ。内輪の知識を秘教的に保持しながら、時に人騒がせに放出しては先へと進む。

いつか、研究という単語が、叔父、と置き換えられてしまうことを考えるのは少し楽しい。そういう形で叔父は不滅を目指しているのかというわたしの問いは、変転、の語に迎えられた。

きっとそれが正しいのだろう。叔父は網目をすり抜けつつ、手薄な方角へと変転していく。多分、そこへ生じる圧力のようなものに導かれて。あるいは餌から放出される化学物質へ引き寄せられるゾウリムシみたいに。叔父という単語が、非正規的な研究活動を示す言葉として流通しはじめたりしたら、その意味を脱臼させようと真っ先に行動を起こすのは叔父だろうという気もする。自分の体から剝がれ落ちた何かのものが、叔父を名乗って歩き出すのを、彼がどうしようとするか、まま、それは先の話だ。わたしは自身の振る舞いについては、要請があったときに考えようと思う。

叔父との手紙とメールという非対称なやりとりは、今も変わらず継続している。変わったところを挙げるとするなら、叔父が今度は料理をはじめたらしいというところ。

フォークの塩漬けが美味しかったからというのだけれど、それがポークとフォークの書き違いなのかは知らない。おそらく本当にフォークを塩漬けにしてみてから、何かがおかしいのかもと考えてみたというあたり。まあ、フォークをレモン汁につけるくらいはしたかも知れない。

パイ生地を細く切って並べた形で冷凍されて送られてきた手紙を母に食べさせてもみたのだが、特に体の調子を崩した風も見えないから、まあ料理であるのだろう。それなりに美味しかったと母は言う。

「少しは人間らしい暮らしを気に掛けるようになってくれたらしい」

とは母の評価だ。涙を浮かべてそう喜ぶが、違うと思う。

「レシピというのはあれは何だね」

叔父は、最新の超長文の手紙に記している。ここにはもう書き写しきれないので、抜粋をする。その封書は、分量においてわたしのこれまでのこの手記を凌ぐ。わたしによる叔父の記述の試みを、全面的に上書きしようとでもいうように。通常の平明な手紙の形をとって、ごく平凡なペンとインクで書かれている。

「わたしは、文章というものは、読み捨てられるものだと思っていたよ」

いささか脈絡の取りにくい内容を、興奮しているような筆致でそう記している。

「何度も書かれるような文章とは何かね。料理のように」

　そう問いかける。

「何度も書かれ直すような小説をわたしは知らない」

　そう続ける。まあ、そうかなと思うわけだが、今更そんなことに思い至って動揺する叔父の姿はなんだか可笑しい。一度成し遂げられたことをひっくり返して先へ先へと進み続ける叔父の後ろ髪を引っ張り倒すのが、誰かの説得などではなくて、日々の料理だというのは興味深い。

「叔父さん、世の中には音楽というものもあるんだよ」

　わたしは叔父にそう書き送っている。

　人生のうちの長い時間を、同じ料理を作り続けたり、同じ曲を演奏し続けて過ごす人は多くある。それは一体どういうことなのかと、叔父はようやく考えはじめたものらしい。

「もしかして」

　と不審げにおずおずと問いを立てる叔父はまるで小さな男の子のように思えてくる。その男の子の姿をわたしは知らない。

「本当に面白いから、繰り返しをしているのかね」

その点に関してわたしは返信を行わなかった。叔父さんも早く結婚でもしてみればどうかと勧めたに留まる。もっとも姪の誕生日に送ったタイプボールを巡る文字の帯の赤道あたりへ、HAPpYBIRThDayと横様に文字を埋めていたりするようでは、道は遥かに遠いだろうが。これも遅ればせながらわたしが解読することを得た、叔父のメッセージの一つ。

一つの固定した生き物として、叔父が一つのレシピのように、いつも同じような人格として、人間らしく落ち着いたものとなっていくのか、当然予断は許されない。すぐに飽きてしまうかも知れないし、文字と香辛料を対応させて、美文と美味しさの関係を追究しだしたりするかも知れないから。その兆候は既にあり、叔父は手に入る限りのレシピをデータベースへ蓄えて、特徴抽出などを試みているらしい。

「中華料理と日本料理の間のカテゴリーは一般に思われるほど堅固なものではないようだ」

と嬉々として報告を寄越す叔父への応答は今考えている。醤油と酒と味醂があればそれでよいのかと、突然憤る様子の叔父に何を言うべきなのかは難しい。放っておけば落ち着くだろう。

「とりあえず、わたしはこの手紙を書くのに、一度書き上げ廃棄している。二度目を書き上げ、廃棄している。三度目も書き上げ、廃棄している。記憶に頼り、同じものを繰り返そうとするわけだがうまくいかない。その度ごとに違った文言が登場してくる。これは意外な盲点だ。書く行為というものが真実存在するのなら、いつでも同じものが出力されてくるはずだろうと、わたしは漠然と前提していた。そこのチェックが甘かったのは大きな不覚だ」

常にランダムに切り替わっているキーボードみたいに、風に吹かれて並びを変える紙の上の文字みたいに、叔父は手紙を繰り返し書く。

「何度でも同じ形に書き直されるしかない小説をつくるにはどうしたら良い」

叔父はそう手紙で訊ねる。

わたしはこうして、叔父を記す道具を探して手記を綴ってきたわけだが、その問いには答えられない。叔父を書くとはそういうことだ。わたしが今この手記を書くノート型のコンピュータをどこかに置き忘れ盗まれたとして、おそらく同じことは二度と書けない。それが多分、叔父に関するすべての記述が、叔父そのものになったりはしない理由だ。

現実の中に暮らす叔父は無定形な存在からようやく一個の形へと、わたしの側の叔父の理解は、一人の人間から無定形へと、逆方向を向いて進んできた。

わたしは今、叔父の特徴抽出プログラムを、自動生成論文判定プログラムと連結している。

ただし今度は、ただ膨大に荒れ狂う機械的な因果の中に漂う叔父を見つけ出そうというのではなく、膨大なデータの中から、叔父に似たものを探そうとしている点が異なっている。わたしは手に入るあらゆる文字情報を片っ端からマークアップしてプログラムへと流し込んでいる。

そこで見出されるはずの何者かは多分、小さな男の子の形をしている。

「ここには僕ひとりしかいない。僕しかいないよ」

と少年は言う。

わたしは、この手記をその少年のために記した。あるいは記すことをさせられた。

その少年へ向けてこうして送る。

ここに書かれていることは、その少年の今後の役にきっと立つだろう。どこかを近道したりするのに。引き替えにされたのは、その少年以外の人物には、この手記はまるきり無内容なものと映るだろうこと。何かどこかの手違いでここまで目を通してしまい、憤っている人がいたとするなら、その誤配を謝りたい。最初から自分宛(あ)ての手紙ではないとわかっただろうとは思うわけだが。その場合、できればこの手記を必要としていそうな人物へと転送して頂ければ幸いだ。そんな人物を探す手伝いは当然する。

多分、誰かに届くだろう。

成人したわたしはそろそろ、叔父との付き合いを減らす時期にきたのだと思う。わたしはそう遠くない未来のどこかで、わたしの中の女の子について記す道具を探しはじめることになるはずだ。それはきっと、多分おそらく、いや一体、どんな形をしているだろうか、わたしは今それを考えている。

それは叔父ではないはずだ。

それはもう、こんな文字ではいられぬはずだ。

たとえそれが、あなたの目には文字なのだとしか映らなくても。

（姪）

良い夜を持っている

Have a good night.

1

目覚めると、今日もわたしだ。

そんな当然すぎる事柄が本当は何を意味しているのか、最近ようやく少し理解できるようになったと感じる。自分であるには違いないのに、踵（かかと）を接して背中合わせに立つようであり、突き放してしまった相手のようにも思えている。歳（とし）を重ねて様々緩んだせいなのだろう、思考の走る配線が弛（ゆる）むか錆（さ）びるか、道を進むとふと仄暗（ほのぐら）い一角があり、その内側は見通せない。記憶を探りそんな区画へ出くわすことがめっきり増えた。

そんなつもりもなかったのだが、ふと目を開けて二十年が経過している。

移動を続けて二十年が経過したということでもある。

二十年前父が突然亡くなった頃、わたしは丁度父がわたしをなした年齢に追いついており、今は父が亡くなった歳へ近づいている。無理もないと今なら思う。父の何に対してなのかははっきりしない。ただ無理もない在りようだったと浮かぶばかりだ。

わたしにとっての父というのは、ひたすらとりとめのない生き物だった。摑みどころのない人物であり、初心者のスケッチのように輪郭が短く途切れ、一体感に欠けている。力を振るうことはなかったし、眼力で抑え込まれることもなかったのだが、それでもやはり横暴だった。大層大人しい生き物であり横暴の気は宿さないのに、対面すると気配が満ちる。

畳に西瓜があるとする。それだけで既に怖ろしいのに、風もないのにごろりと転がり、ハロウィンのランタンめいて抉られた目鼻がこちらを向く。そんな感じだ。目鼻が天地を無視するあたりが横暴なのだ。

不意に奇妙なことを言いだすのだが、気分屋と言うのも違う。兎に角脈絡のない人であったとしか言いようがない。前触れもなく顔色を変え、

「俺は今喋っているか」

と子供へ向けて真顔で問うたりする種類の父だった。実際にそう喋っているのだから無益な問いだ。喋っていると答えても、喋っていないと返してみても気に入らず、お前には遂にわからないのだと、あちらの土壁へ向けて宣言する。相手をしにくいことこの上なかった。曰く、

「俺が今喋っているとして、それはそういう夢かも知れぬ。俺が喋っていないとして、俺は喋っていると知っているから、お前の意見などは関係ないのだ。俺が眠っている間もお前はいるのだろうと感じるが、それは嘘だと明らかだ」

そうした風に理を立てていた。一応筋は通っているが、だから何だと子供ながらに腹は立つ。こちらにすれば、お前の方がこっちの夢ではないかと言えるわけだが、まあ父である。残念ながら疑う余地なく顔が同じだ。眉尻あたりが特に似ている。どの道関係ないのなら問わずにいれば良さそうなところ、独り言を呟き続ける。随分不気味な父とも言えるが、子供の方では父とはそういうものだと思って育ち、自

然、放置しておく技術が身についた。子供の頃は疑問も持たず、長じて色々振り回された。構わなくとも勝手に何かを思考しており、悪さというのは別段しない。

万事そうした調子の父であるから、定職などは望めなかった。時間というのを受けつけない性質もあり、約束の時間になっても二階の部屋で呑気に茶を啜っていたりする。時限が来たと指で苛々示してみても、柱時計を不思議そうな表情で眺める。

「一時間とは何時間か」

平気で訊ね腰を上げない。何やら首をひねり続けて、どこかに真理があるはずだといった内容を言う。摑んだのだと思ったのだが今度も違った無念である、と呟いたりする。引きずりだすのも面倒だから、卓袱台へ御託が並ぶに任せて、勤め先には家族の誰かが電話しておく。無念は別に勝手だが、それでは稼ぎが覚束ないから母は随分と苦労をしていた。もっともそんな男を二階に置いて二子までなして、くるくると立ち回るような人物だから、こちらは笑い顔しか思い出せない。

「お父さんはすごい人なのだ」

とばかり繰り返し、小遣い銭や菓子など与え、一寸小動物か縁起物のように考えていた節がある。こうして振り返りはじめてみると、可笑しかったのは父よりむし

ろ母の方であったと思う。あの人はあの人なりにそのように、と流石に多少の躊躇いを置き、

「つまりはとても強い人なのです」

奇妙に強く、怯えるようにも響く声音で断定しながら母は笑った。

母は何かをわかっていたのか、今ではもう確認をする術もない。父が何を思っていたのか、今では随分とよく判明している。ちょっと気の利いた心理学の専門書ならば、父の症候群はルリヤの記録したシィーの事例や、日本の記憶術師石原誠之の例と共に載せられている。その晩年の十年を、父は教授の研究対象として過ごした。別に監禁されたとかいうことはなく、善意の協力者としてである。

専門書に載る写真の中で、父は視力検査表のようにずらずらと記号の並ぶ掲示の横で背中を丸め、覚束ない笑みを浮かべている。斜視気味に見えてしまうのは、視線がどこにも合っていないせいである。心理学的な玩具や試験用紙の山の間で、父は倒れるまでの十年間を送る。

わたしは高等学校の課程を終えるのを待ちかね家を出てしまい、手前勝手に生計を立てた。滅多に連絡をとることもなかったから、父についての研究を知ったのは、

父が倒れてからである。母の葬儀に帰ったときも、父は特別語らなかった。

葬儀の席では大きなタイプライターをぽつぽつと叩き、そんな玩具をどこから手に入れてきたものなのか、まずその点が気になったりした。こちらも急遽戻った姉が、流石に腹に据えかねたのか、それとも弔問客の手前を考えたのか、単に打鍵の音が気に障ったか、タイプライターに挟まれた紙を乱暴に抜き、畳へ捨てた。そこへ並んだ記号をわたしは知らず、知らないのが当然なのだと当時は思った。父が文字など書くはずがない。少なくとも意味の通る文章などを書くはずがないと思っていたし、わかりやすい手記などが現れたなら、父を殴るくらいはしたかも知れない。獅子が人語を操れたとして、人には意味がわからない。獅子とは一寸立派すぎるが、動物ならば仕方ない。家族はどうも父を動物として扱っていたように思う。

姉に胸倉を摑まれたまま、父の視線はタイプライターに向けられており、左手の指がかたりかたりとやりにくそうにキートップを押し込んでいた。思わず腕を上げて拳を固めた姉の方でも、そういえばこいつは自分の親父だったと、親父なのは承知の上だが、そういう種類の親父だったと思い至って動きを止めた。

「姉さん」

と呼んだことが生まれてこのかた何度あったか。わたしは紙片を片手に振りつつ、わざとらしい笑い声を上げていた。無駄だよ、と言っただろうか。言わなかったと思いたくとも、咄嗟（とっさ）のことで記憶にない。無駄というのとは違う。無益だというわけでもない。悪いことだと、不思議に思った。

葬儀を終えた二十年前のわたしの前には、父が使用していたタイプライターが鎮座している。随分古い型で大きく四角く、それが当然と言いたげに黒い。鏡文字の活字を並べたタイプボールが嵌（は）め込まれており、カーボン越しに文字を押し付ける古い機種である。ボールに並ぶ記号の一部は以下の通り。いちいち言葉で説明するより見るのが早い。

⍌、+、⍟、⍂、⍝、⍇、⍔、⌽、⌼、⍣、⌹、⍙、⍗。

葬儀以降の二週間、わたしはこれらの記号を眺め続けていた。情報系の仕事を日々の糧（かて）にしていたおかげでAPLに採用された記号群にはすぐに慣れた。APL、A Programming Language。人を喰った呼称だが、製作者がそう付けてしまったのだから仕方がないし、実際それは、とあるプログラミング言語であるから、過不足のない名前ではある。一九五七年、ケネス・アイバーソンによって提案された、対話型のインタープリタ言語を示す。

父がＡＰＬ記号を利用したのは、単にそれが気に入ったからというだけである。別段プログラミングをした形跡はなく、父の手遊(てすさ)びの文章はＡＰＬの構文規則に従わない。おそらくは、プログラミング言語を開発するのにまず記号から作り出すという姿勢に感じるところがあったのだろう。ただ四角が好きだったという方がおそらく実像には近づいている。だからこれから父の症候群について話していくのに、ＡＰＬの詳細へは踏み込まないし、その必要も全くない。

片づけられた父の部屋には、このタイプライターと夜具、一冊の本と未整理の紙資料が段ボールで五箱分、そのおまけとしてわたしがあった。

わたしが父の症候群を知ったのは、葬儀の一月ほど前になる。父が倒れたと連絡があり、姉は教授のもとへ駆けつけた。戸惑う姉に教授は静かに著作を渡し、そこに父の症候群が記されていると告げたという。途中経過をまとめたものだと教授は語った。

「お前の好きそうなお話だから」

姉は父の危篤(きとく)を知らせる手紙に、その著作を添えてきた。専門用語と数学記号、

ＡＰＬの記号群がぞろぞろ並ぶその本を、姉は読みもしなかったろう。危篤を告げる便箋一枚の手紙の方がむしろ添え物に見えた。危篤というのに普通郵便とはと少し呆れた。

もう二十年も前の話だ。忘れてしまった細部も多い。

ようやくこうして父について話しだそうと試みるのは、教授の著作を本当に理解できたと思えるまでに、それだけ時間がかかったからだ。読み通すのに時間のかかる本ではあるが、二十年とはあんまりだとも思えるだろう。その時間のほとんどは、わたし自身の変化に費やされてきた。体を変えれば本の読み方だって変化していく。体の方をつくり変えねば決して読めない本もある。わたしにとっては教授の著作を読み解くために、そんな作業が必要だった。

専門書に記されている話題について、何故新たに語り直しをしようとするのか。わたしがそこでの説明に不満を抱いているから。それもある。ただし父との面談を繰り返した教授の記述に不備を感じたわけではない。元より血の薄い家系であって、わたしが父について知りえた事柄は、今や自分の体験からよりも教授の記述による方が大だ。大いに感謝こそすれ、不平を述べる謂れはない。

ただ惜しむらく、その解説は難解すぎる。学術的な要請を満たすためとは言い条、過度の形式化と専門的な言い回しが余りに多い。難解であること自体は悪ではないが、それでも程度というものはある。だからここでわたしが試みるのは、既に語られ終わってしまっているお話の、別方法での語り直しということになり、教授の本の読み返しということになる。

これは当初、単純な仕事になるはずだった。ややこしい言い回しや、定義に定義を重ねた専門用語を、機械的に開いていけばよいと思えたからだ。しかし当然と言うべきだろう、作業をある程度進めたところでわたしは気づいた。それこそが教授が最初から取り組んでいた試みなのだと。慎重に定義に定義を重ねた用語を開くためには、やはり定義をずらずら並べるしかない。個々の定義を噛み砕いて説明することはできるわけだが、結局それは水増しにしかなりはしない。間延びする分、俯瞰までもが困難となる。この発見はわたしの心を暗くした。

だからといってどうなのか。時間はわたしにそう考える余裕を与えてくれた。語の段階で既に面倒な代物ならば、厄介ごとは語りの方へ押しつけてしまえば良いではないか。この語りには定義もないし、定理もなければ、論理式や面倒な数式による記述もなく、数式を読み上げただけの文言もない。ふうわりと語る代償に多少の矛盾は避けられないが、それでも寝転びながら通読できる程度のものにはできたと思う。分量的にも手ごろなあたりだ。厳密な話を欲するならば、先行著作を当たれば済むのだ。

とは言えもう随分と忘れてしまった。数式の細部などは思い出せない。結局一番必要だったのは忘却にかかる時間だったということになる。

父は、人口二千万を数える世界有数の都市に生まれた。

江戸開府来拡大を続けたその都市は、父の世代で最盛期を迎えており、平野を溢(あふ)れて山肌を上り盆地へ流れ、野放図に版図を広げていた。その拡張はやむことがなく、周囲の町を呑(の)み込んで広域都市圏を形成していた。

当時の街の風景は、教授の下で父が残したスケッチに見ることができる。黒と赤のインクだけで描かれたスケッチだ。

片道十車線を数える大幹道に、建築のはじまった高層ビル群、その隙間(すきま)に茸(きのこ)のように密生しているバラック群。それらを一望する部屋で父は育った。緻密(ちみつ)に描き込まれたビルの窓枠や、生気を欠いた木々や人々。車はどれも画一的で、箱に牛乳瓶の蓋を貼りつけたように見える。

真っ直ぐ伸びる建物の線を、父はフリーハンドで描いた。何も知らない人が見たなら写真のトレースだと感じるだろうし、そちらの方が実態に近い。父の描き方というのはひどく特殊で、スケールをまず気にしない。画布のどこかの隅からはじめて、ちまちま細部を描きつけながら徐々に画面を拡大していく。一度描いた場所にはもう戻らない。

まずは大きく画面を捉え、スケール順に大きな方から細部を描き込んでいく手法を父は採らない。輪郭やあたりをとらずに、いきなり細部から描きはじめる。まるきり初心者のようなやり方なのだが、それで不思議と遠近法の狂いは生じない。ただの初心者と違うところは、車に乗る人を描くにも、まずはバンパーの先からとりかかり、ボンネットと前輪を描き、フロントガラスとサイドミラーを描いたあたりで、運転席の人物を鼻の先から描きだしたりする。

教授のこんな実験結果が残されている。紙の中ほどへ、横に二本の平行線を引き、間を横倒しの梯子のようにして繋ぐ。梯子の両端は紙の端で同じ高さになるようにする。

さて父はこの図をどう描くか。左の端から一心に、小さな四角形を描き連ねていく。右の端まで到達してみて、二本の線と間をつなぐ梯子が現れる。位置の狂いはミリ単位ということだから、何かの閾をぶち抜いている。

研究の名で求められるまま、父は都市を描き続けた。ある建物を指定されると、どんな視点からでもそれを描いた。見上げる角度で、見下ろす角度で。その建物のどこかの部屋から、内側からでも外側からでも、果ては鉄骨の中からでも地中からでも、父は自在にその建物を描写できた。透視図を求められれば、画面が埋め尽くされるまで、精緻に全てを重ね描きして、塗りつぶされた紙面の上でもペンを動かし続けていた。

画に登場する全ての要素をどこまでも説明し続けることさえできて、部材がどんな工場で作られたのか、今度はその工場を描くことができた。

「このナットですか。これは荒川沿いの工場で作られたもので、工場の設立は一九二一年。先代の社長が先見の明のある人で、これからは大型機械による大量生産が主流となると見込んで、息子を海外に出したのですな。息子は工作機械のスケッチに通い、帰国してその改良に着手した」

というようなことを呟きながら、ちまちまと画を進めていき街は生まれる。まるで出まかせとしか思えぬ細部を滔々と語り、それは勿論出まかせなのだとほどなく判明するわけなのだが、自信に満ちて流暢に語る。思い出すというよりは、その場で出鱈目を並べているだけなのに、一貫性は保ち続ける。時間をおいて、あの建物と指定をしてもやはり同じ姿を描き、窓の数に至るまで矛盾点は見当たらない。光の当たり具合が違うのは、太陽の位置が違うせいだと理屈を述べる。時には改良工事が行われている様子を描き、

「あのナット工場の息子さんね」

と、突然その人物と隣家の婦人との不倫を語りはじめたりする。

「あの建物ね、焼けました」

とだけ告げたきり、梃子でもペンを持たなかった日もあったという。

画を描く速度は速かったのだが、それでもこの特異な描法である。緻密であるが全貌というのはなかなか見えない。川を描いてもまず波頭を描くようなやり方だから、見ている方でも判じ物を眺めるような気分に陥る。父が描くのが天地を逆にし

た馬だと気がつくまでにかかった時間を、教授は自嘲とともに書き記している。建物を自在に頭の中で回転させることができるのだから、馬を逆さまに描けたとしても驚くことではないわけだが、対象に対する無頓着さはいっそ凄まじいと言いたくなる。

「馬を裏返しに描けますか」

ふと戯れに尋ねた教授に、父は一寸首を傾げてみせて、ごく通常の馬を描きだした。口から肛門を引っ張り出したという生々しい形ではなく、まずはごく平常の馬を描いた。そうして臓器を、皮から離して外へ描いた。生々しさに席をはずした教授が戻ったときには、馬の体の内側に、歪んだ都市を小さく描き続けていたという。つまり最初に描かれたのは、裏返された馬の皮だったということになる。

「裏返しの馬というのはいないわけです」

というのが父の言いぐさだ。

「それでも、誰にとってかという話はあります。結び目は外側から見て結び目ですが、結び目当人が自分は真っ直ぐな紐だと考えるのは自由なわけです。自分が真っ直ぐだと考えるなら、周囲の方が結ばれているということになる」

そうしたことをつらりと言うのだ。

父はその街の歴史を勝手につくり、記憶し続けていたわけだが、正確さにはあまり頓着しなかった。工作機械や臓器の形は父の理解によって歪められ、この世に存在しないものであるのがざらだった。相互に陥入している決して回らぬ歯車などを、平気で機械の中に置く。その癖、描写は今目の前にあるようにしっかりしており、彫刻として再現するなら困難もない形をしている。その点指摘をしてみると、

「回りませんか」

と露骨に落胆の色を浮かべてじっくり眺め、

「回りませんな」

と遺憾をまとわせ言ったりする。まあ、画ですから、と斜線で消して平然としていたのだという。

細部ははっきりしているのに、細かな齟齬に満ちており、しかし全体は圧倒的にもっともらしい。よくよく考えてみると動くはずのない部品よりなり、誰もそれと気づかぬうちは問題もなく活動する街。そんな街に父は生まれ、そうして育った。

そんな父の画の中に、登場し続ける人物がある。街角で手を繋いで川沿いの道を

そぞろ歩き、あるいはベンチに寄り添って座る一組の男女。やがて女の腹は膨らみ長女が生まれ、暫くおいて男児が生まれることになる。

「妻、ですな」

何故か申し訳なさそうに、必ずつけ加えたという。

父の残した家族の像では、母の姿だけがはっきりしている。姉やわたしと推定される人影は、マッチ棒の刺さる団子か逆立ちした独楽といった程度のもので、父自身もぼやけた輪郭くらいのものなのだが、母だけは人の形をきちんとしている。

「どこにでもいるのですから、いずれ出会わぬわけにも参りません」

だから事故に遭うのも仕方がないといった口調で言う。

両親は、この街で出会いを遂げた。

「妻とはこの街で出会ったのです」

この文の意味は、と何故か父は続けてみせた。

「記憶の構築の仕方、です」

この文の意味は、と何故か父は更に続ける。この文の意味は、と憑かれたように次々続ける。「同じ川、となります」「それは、妻を読む、ということです」「つまり見失うことを意味します」「結局、良い夜、を意味するのです」。

そうしてこの文の意味は結局、

「妻とはこの街で出会ったのです」

となるのです。誰にも理解の及ばぬ理屈で、父はそう満足気に締め括ったということだ。

「それらの全てを使ってようやく、妻とはこの街で出会ったという意味をなすのです」

2

母とはその街で出会ったというのが父の言い分だ。

気儘にそぞろ歩くうち、いつも同じ女性が視界の隅にちらつくのに気づいたという。旅行者かなと思ったのは、彼女の服装がどこか異国風に映ったからだ。それにしては随分と長く滞在しているのではと不審に思い、本格的に気になりだした。その割に草臥れた様子も見えず、旅行にしては服の種類も無闇と多い。いつも視界の隅におり、視線を向けると、ついと角を曲がって行ったり、人ごみに紛れてしまったりする。飛蚊症のような眼球の傷ではないのかと、父はしばらく疑っていた。巨大な街を丸ごと覚え込むような特殊な記憶力を持つ父であるから、頭の中でしきりと母の像を回転させたり裏返したりしてみたものの、そんな作業が出会いに寄与しないのは明白である。美しい娘であると思ったそうだが、何より視線から逃げるところに強く惹かれた。

自分の視線を避ける以上は、こちらのことを気にしているに違いない。見られていると知らないのなら、逃げることもできないだろう。自然の道理のように聞こえるのだが、父が言うと非道く利己的な考え方に何故か思える。

「出会い方というものがあるのだろうと考えました」

そう証言を残している。

「街というのは、秩序に従った何物かです。無数の因果を連ねて成り立っている。待ち伏せをしては逃げられることを繰り返し、わたしもやっと気がつきました。彼女は街の秩序に従っていない。本質的に気紛れなのです。わたしが見ている間だけ平常の人間のように振る舞っている。それが彼女がわたしを避けていく理由なのです。ただの人でいるのはつまらないという訳でしょう」

随分と強引な手にも出たらしい。父の把握能力をもってすれば、この画の中に描かれた街で、母の歩み去った先へとあらかじめ回っておくくらいは容易い。単に視点を変更するだけの作業だ。トラックを描き道を塞いで、袋小路をつくるくらいのことまでしてみた。

「それでも逃げてしまうのです。消えると言ってもよいでしょう」

この追いかけっこは当時の父の気に入った。そうして都市に迷路をつくり母を追い込んだと確信しても、やはり視界の隅をついと通って行ってしまう。マンホールに通じる道まで封じたのだが、母は淡々と歩みを進めるだけだった。どうにも行方がなくなった場合はふと消える。そちらの隅で消えると同時に、別の隅に現れている。これは同一人物ではなく、もしや沢山いるのではと思ったあたりで、父は、それぞれの場面の母は細部において異なるようだとようやく気づいたものらしい。服装が違う。髪型が違う。化粧が違うせいかも知れないが、年齢もどうやらまちまちらしい。本当は、まちまちどころの話ではない。少女の頃の母の姿も、成人後の母の姿も、父は画の街で目撃していたのだから。父は教授に指摘されるまで、そんなことにも気づかなかった。

父は長閑（のどか）に考えた。ほんの一瞬目を離すだけで母の姿は入れ替わる。そうした事物にあまり興味を払ったことが父はなかった。ついては随分多くのことを、母を通して学んだという。街には美容院や化粧品の工場が前からそこにあったような顔で登場し、黒い靴下ばかり売っていたデパートでは婦人服売り場が拡張された。

画の中の街に登場する人物たちにどんな衣装をあてがうべきか、それまで父は悩んだことがなかった。思い出すというほどの労力も要らず、今目の前に、そのままあるものだったから。赤い服という配置があれば、そこには赤い服があるのだ。服を着た人物を前にして、こいつはどんな服を着ているのかと思い悩むことは通常ない。服飾店を拡大すれば母の衣装もそれに応じて変わることに父は気づいた。

「驚きだった」

と父は言う。

「自分が誰かの興味を引かねばならないのだと知ることがね。しかしです。文章でもよい、ポンチ絵でもよい、そこに描かれている人物の興味を引くのに、どんな手段がありえましょうか」

思えばそのあたりから、父は思考を学んだという。思考というものが存在すると気づいたらしい。父は時間を学びはじめた。

母は父の手を逃れ続けて、想像の街を漂い続けた。父の視界の端をかすめて、日傘をさしてこれみよがしに女友達と歩いてみせる。男と手を繋いで歩く。のちに判明する事柄なのだが、それは姉で、それはわたしだ。その事実に気がつくまでに、街では多くの陽が沈んで昇り、昇って沈んだ。昇ってまた昇ることも起こった。自分の子供が恋敵ではないと理解するまで、父は懊悩の日々を送った。身を細らせるその感覚がすなわち時間と呼ばれるのだと、順序を切り混ぜ投げ出されていく場面を見つめ、ようやく「時間」と呼ばれる単語を手に入れた。

教授によれば、これは当然、記憶の改竄だということになる。父が持つのは特殊な記憶の様式であり、予言や未来視の才能ではない。母と出会い子をなした後の記憶が、過去の想起に割り込んでいる。ただし父は過去に関する超絶的な記憶を持っており、過去はかつての道理をもって父の想起に抵抗しては街を歪める。

過去が歪んでいる以上、真の過去に何があったか理解するには何か工夫が必要だ。教授はその再構成に挑戦している。父から与えられたデータを元に虚実を分ける。その作業には計算機が必要だった。父の思考をモデル化し、過去を二通り用意する。真実の過去と、虚偽の過去。それは二本の時間ではない。現実時間の各時点から虚偽の記憶が過去へ向かってそれぞれ伸びて、櫛（くし）のような形態をとる。櫛の歯はまた絡（から）み合い、縺（もつ）れ切った平面となる。問題は、この街で父が過ごした初期には、まだ通常の意味での時間が生まれていないというあたりにあって、父はここで言葉を学び時間を学んだ。

教授の手になる再構成がどの程度の正当性を持つものなのか、判断は専門家にお任せしたい。わたしとしては、それなりに説得力があると考えている。ただそれは、整然とした言語の形をとる以前の不定形な代物（しろもの）を無理矢理理屈でねじ伏せてみたものだから、理解をするには訓練が要る。虚心に眺める分には、未知の記号で書かれた異言の一種としか見えず、習熟すれば一応筋は通るのだけれど、日常的な意味は与えない。教授が拡張ＡＰＬという言語をモデル化の際に用いたのは、父がＡＰＬ用のタイプライターを気晴らしの用具にしていたからだ。

兎も角も、母との出会い方を父は探った。傍目に見るに、これはほとんど呪いだ。てるてる坊主を吊るしてみたり、安全ピンで腕に名前を彫ってみたり。傷が治るまで誰にも気づかれずにいれば想いが叶うと、制服姿の少女たちがさざめきあうのを聞いたのだ。ところで母の名前はまだ知らないから、父の腕にははっきり「妻」と刻まれた。これを滑稽と呼ぶ勇気をわたしは持たない。階段を一段飛ばしに後ろ向きに降りる、昼食は食べない、五辛は避ける、横断歩道は白いところだけを踏む、茶碗に箸を渡してあちらから飲む。そんな見当はずれな試みを、父は飽きず弛まず試し続けた。

「街には規則が存在している。ただし規則は把握できない」

父にとっては自明にすぎて、疑う余地のない事柄だった。

「扉がずっと続いているのです。どれかの扉は、別のどこかに続いていて、こちらを開ければあちらが通じ、風が吹き抜け別の扉を開くのです。実際どんな風が吹くものなのかは試してみねばわかりません。勿論、本当は扉などではないのであって、街の構造物であるなら細部までを知っていますし、事実、そんな扉はありません」

街が母との出会いを邪魔するのなら、街の裏をかかねばならない。風が吹いて糸屋が儲かり、着飾った糸屋の娘が通りかかって切株の根っこに躓く事態を招来しようとする以上、どんな手段が有効なのかはわからない。父が母に出会えないのは、父が街を理解しきれぬせいである。ならばあとは実践しかない。

些細な原因が意外な連鎖を呼び込んで、大きな結果を引き起こす。ほんの雨滴の一粒を大河の源とする方法を父は闇雲に求め続けた。手法は自然、魔術に似通う。そんな試みを繰り返すうち、ふと気がついた。針山じみた姿となったブードゥーの人形を片手に、翻る母の背中を見送った時の出来事だという。些細なことが街の道理をかき乱すなら、自分が色々無駄をしているせいで、通じかけた細い道さえ嵐の中に漉き込んでしまっていないかと。

こうして父は憔悴していく。何かをしても何もせずとも、起こることは起こるのであり、結果が知れないという事実さえも変わらない。良手と悪手の隙間には、手を選ばないという選択肢が落っこちている。今そこにある水を飲むという話であるなら、手を伸ばせばそれで済み、思念を凝らすのは馬鹿げているが、ことは奇跡の範疇なのだと父には思えた。止まろうとする根拠はなく、進む根拠も見当たらない。何か手がかりがあれば別だが、姿は見せない決まりの根拠だけでは、判断を入れる余地がない。物を飲むのも食べるのも、全ては何かの原因であり結果であって、身動き全てが悪い方へと自分を導くように思えてならない。

父はみるみる衰弱していき、ついに街角で倒れるに至る。

母と父の出会いの場面は、あっけなくも通俗的だ。

額に冷たい手が置かれたという。

「まだ目を開けちゃ駄目。でも開けて」

父が記憶している母の言葉だ。一体どういう意味なのか、父は痺れた頭で考え続けた。そうして突然、やり方を知った。ただ理解ができたのであり、理屈の方はわからなかった。目を開いた先には、近すぎる距離で母がいた。

「そうしてわたしはようやく眠りを知ったのです」

教授は思わず、右手で回していたペンを取り落したと記録している。転がるペンを追いかけて机の下にもぐったところで、次の言葉が耳に飛び込み、天板に頭を打ちつけた。

「十三歳でした」

広まっている誤解の一つに、父とは会話が成り立たないというものがある。全く別の世界、自分の想像する街に暮らして、現実などは目に入らなかったとされたりもする。見てきた通り明らかなのだが、舞台が合えば話は通じる。不意に舞台を降りたりはする。

真実異なる世界に暮らすのならば、日常生活だってままならない。その点、父はこぢんまりと暮らしを送り、最低限の世話は自分で焼いた。自ら起きて服を着て、料理を食べて排泄(はいせつ)をし、布団(ふとん)に入る。この順番は通常考えられる以上に重要である。歩くし走るし、たまにはキャッチボールもしてくれた。実のところ手先は器用で、麻(ヘンプ)編みなどを趣味としていた。場面場面を切り取れば、ごくごく平常の父親である。但(ただ)し持続的に平常の父親で居続けるのを不得意とした。

父の症候群は、超記憶力に分類される。写真記憶の極端な一例に属す。基本的に一目見たものは忘れられない。昨日の食卓も、一年前も、十年前もみな同じ鮮やかさを伴い蘇(よみがえ)り、自分が一体今現在どの風景の中にいるのか、混乱することが多々起こる。父の幻視力は常識を超えて強力であり、目の前にある風景に記憶の風景を上書きし、自分自身を騙(だま)してしまう。ほぼ父の人生とは、そんな虚実の集合体から、当座のための現実を抽出することに費やされていた。

一般的に、超記憶力保持者にとって日々の仕事は困難だ。実例はまだまだ少ないが、どうやらそういうことになっている。過去が鮮明に蘇るため、現状を確認するのに余分な脳力が必要となり、ひどくぼうっとした人間に見える。誰かの昔の発言をいつまでも明瞭に覚えているので、意見の変化に混乱する。命じられた仕事を終えたところで、また指示された場面を思い出し、同じ仕事をはじめたりする。周囲はそんな能力がこの世に存在するとは知らないから、自然、応対は冷たくなって、当人は冷たくされる理由がわからず、仕事はますますやりにくくなる。

本人が事情を説明できればまだましだが、超記憶力保持者にとっては、自分の記憶力というものは当たり前の事柄にすぎ、そんな能力を持つのは自分だけだとなかなか気づきようがない。数字や音に色がつく共感覚者は割合多く存在するが、その感覚が個人的なものだと気づき、更には医学的に名前がついている現象なのだと知るまでには時間がかかるという統計もある。個人的な体験が真に個人的だと理解するには導きが要る。

多くの超記憶力保持者は、記憶術師として身を立てる。なんといってもずば抜けているのは記憶力であり他の作業を邪魔するのだから、資源の有効利用というものである。

記憶術師として身を立てたシィーの記憶力は、旧ソ連の心理学者ルリヤによって、無限であると認定された。彼にとってはむしろ忘れることが困難なのだと記されている。キケロの記したシモニデスの物語から、記憶の術についての歴史を追っていく作業はここではしない。成書が既に多くある。

重要なのは、記憶術の伝統において、記憶を蓄える場所として採用されたのが都市であるという点だ。印象的な建築物を構築し、記憶をそこへ配置していく。熟達した記憶術師は、徐々に記憶の技を磨いて効率的な方策へ至る。記憶するべきものを与えられたら、それを事物に対応させて、街の中に配置するのだ。対応には地口が用いられることもあるし、物体ならばそのまま利用することもある。

ハンプティ・ダンプティが塀から落ちるのを記憶するには、そのまま卵を塀の縁に置いたりする。ハンプティ・ダンプティという響きを知らないのなら、麻（ヘンプ）と紅茶（ティー）のカップ二客を塀の上に置き、傍らにダンプを停めたりしておく。ただの駄洒落（だじゃれ）にすぎないのだが、役に立てばそれで良い。

スウィフトは『ガリバー旅行記』中で、ラガードにおける奇妙な博士たちの振る舞いについて記録している。言葉に備わるあやふやさに業(ごう)を煮やした博士たちは、物体そのものを意思伝達の用具として利用している。椅子(いす)と言うには椅子を出し、机と言うにはそのまま机を提示する。語るべき物体を助手に担(かつ)がせ、荷物のあまりの多さに身動きがとれなくなった博士たちを用いて、スウィフトは当時の言語理論を嘲笑(ちょうしょう)しているとされるが、記憶の中ではどれだけ物を持ち運ぼうとも、誰の体も痛まない。

もっとも、荷物を担ぐ人間を想像するのは面倒だし、あまりにもファンタスティックな光景を設定すると、またそれを記憶する手間も生じるから、適当な場所に物体の方を配置しておき、自ら記憶の道筋を辿(たど)るという手段をとる記憶術師が多いらしい。散歩をするうち目に飛び込んでくる事物を順に読み上げていくだけで、記憶の課題は達成される。

「役に立ちましたよ」

と父は唐突に言う。

「二人で紅茶を飲めましたから」

どうやら、ハンプティ・ダンプティを記憶するのに用いたお茶が、母との散歩の間に役に立ったと言いたいらしい。

父の能力は歴代の超記憶力保持者よりは一段下がるとされているが、もしかして遥(はる)かに凌駕(りょうが)していたという可能性も示唆(しさ)されている。卓越は必ずしも有利を意味しない。記憶術師と考えるなら、父は確かに三流だった。十三歳の時点の記憶とされる光景が既に、現実と乖離(かいり)してしまっている。街を記憶の基盤に用いるとして、父の都市は活動している。通常の記憶術師であれば、卵を覚えておこうとして道端にぽいと置いてしまってよいが、父の場合は誰かが卵を拾ってしまう事態が生じる。自分で拾って食べたりもして、どこかの場所の目印に小鳥を用いるくらいに覚束(おぼつか)ない。現実に目の前にいる人物と、都市を歩む人物との混同も多く起こった。

教授は父が対話するのが、本当に教授自身であるのか、父の想起する街を歩き回る教授であるのか、時に不安に駆られたという。昔のわたしの実感ともよく合っている。

ピエール・メナールの物語、『ドン・キホーテ』を一言一句そのままに書き写した男の話とどこか似ている。父は街に住んでいた。それは父が想像した街にすぎないが、同時に現実の街とも重なっている。全てが重なることはなく、部分部分が重なっている。ところどころで接する二枚の地図のように。父は自分の周囲の街を、広域都市圏にまで拡大していた。建物の間に想像の街路を挟み込み、街は表皮を割って太る幹のように成長していた。

十三歳の父は母と出会って眠りを知り、父は夢中の都市で母と出会った。

父が実際に、十三歳まで眠らずにいたというわけではない。そんな無体な性質ならば、すぐに死んでしまったはずだ。だからここまでのお話は、父が眠りと覚醒(かくせい)の区別を定めたときの記憶だ。眠る間の脳活動が別階層に分離されたのだろうと、教授は記す。十三歳までの父の眠りは、ほとんど全てが一様なレム睡眠で構成されていたのだろうと推測している。

瞼(まぶた)の裏の風景を追うような急速な眼球運動を伴うレム睡眠は、短期記憶を長期記憶へ移し替える役割を果たすと言われる。起きている間の出来事を整理し、長く覚えておくべき事柄を選択し、長期保存用の倉庫へ仕舞う。この過程が暴走し、父の超記憶力を育てたのだろうとされる。何かを選択することなく、片端から長期記憶の倉庫へ蓄えていくのが父の能力だ。

区役所に残る記録によれば、父と母が婚姻届を提出したのは、父、三十歳の出来事である。周囲の人々からの聞き取りでは、父が母と出会ったのは、その前年のことらしい。父は北の出、母は西の出、それぞれ成年に達するまではその地を動くこともなかった。だから父が十三歳の時点で夢見ていたのは、母その人ではありえない。母に似たものであったのか、母の方がその人物に似ていたのか、本当に誰かに会ったのかさえもがあやふやだ。記憶はひどく改竄されてしまっている。

父は、自らが編み出した記憶の街で成長し、そこで暮らした。

3

簡単なテストをお願いしたい。十個の単語を並べてみよう。
眠り、起床、都市、母、父、姉、タイプライター、夢、歯車、集積回路。
どこか頭の隅に入れておいてもらえれば良い。

父は、この種の単語の集まりを記憶するのに都市を用いる。誰かが「眠り」から醒め「起床」する様子を思い浮かべて、「都市」を歩き回る姿を想像する。買い物帰りの「母」と出会って、釣りをしている「父」をみかける。「姉」が昼食の準備ができたと呼びに来て、部屋に戻った父が卓袱台の上の「タイプライター」を叩くのを見る。そんな「夢」を見ている人物は目覚め、突然襲う偏頭痛とともにきらめく「歯車」が回るのが見える。歯車の群はみるみるうちに成長し、「集積回路」の形をつくって何事かを計算していく。そんな光景が街の中で展開する。記憶術師はこんな作業を容易くこなす。

何かを記憶しようとするだけなのに、多くの尾鰭が次々生えてキメラのように混淆している。そんな話を新たにつくるくらいなら、元の単語をそのまま覚えた方が早いだろうとも言いたくなるが、ことは想起の問題である。

誰もが眠りを知っているし、不承不承でも起床を知るし、都市を知る。母や父、姉を知らない者はなく、タイプライター、歯車、集積回路、そのもの自体は知っている。長くこの世に過ごす間に、大抵の名前を知ることになる。思い出せないことはあっても、日常生活を送る間に何かの名前がわからず困惑するのは稀であり、両端がギザギザになった肉叩き用の金属製のハンマーの名前を知らずとも、とにかくこうして描写するくらいは可能だ。アダムが目の前にいる動物の命名に困難を感じたという記録はない。

名前や物を知ってはいても、ただそれだけでは覚えているとは言い難い。物の名前がわかるだけでも、名前から物を呼べるだけでも記憶と呼ぶには語弊がある。それでは辞書と同じであって、言葉を喋る役には立たない。辞書や電話帳は記憶ではなく、リストの中から指定の単語を取り出すためには、検索作業が必要だ。アルファベット順の辞書を引いて用いることができるのは、それが検索システムの一つだからだ。

記憶にお話を用いる以上、その内容を話すにあたり、一度生やした余分な枝を切り払う必要性が生じてくる。父が記憶術師としては三流なのは、この作業を大変苦手としていたせいである。つまるところ、勝手に読み込む。誰かの父を想像すると、具体的な服装までが現れる。父の来歴、着衣が形をなすまでの過程、母との出会い、細かなことが自動的に展開されて、記憶するはずだった仄かに光る単語を呑み込む。

「最近まで、アフガニスタンにおられたのですね」

シャーロック・ホームズがワトソン博士に語りかける。

「何故それを」

「知っているからですよ。まずここに医者風の男があって、しかし軍人の雰囲気を漂わせている。軍医であるに違いない。色は黒いがこれは元の色ではなく、日焼けしたものだ。やつれてもいるし、左手に怪我もしているようだ。現在の英国において、軍医がそんな困難に遭い怪我までするような土地はどこか。アフガニスタンに決まっています」

「なんと単純なことだったんだ」

ワトソン博士は納得するが、ホームズは憑かれたように話し続ける。

「あなたはこれからわたしの助手になり、手がける事件の記録役としての役目を果たしていくことになります。二人で多くの事件を解決するが、わたしは一度あなたの前から姿を消すことになります。わたしは、今はまだわたしの知らない宿敵モリアーティ教授と争い、滝から落下するのです。でもそれは偽装なので安心してくれて良い。その後もあなたは多くの記録を記し続けることになります」

「何故それを」

ワトソン博士は愚直に尋ねる。

「知っているからですよ」

ホームズは涼しい顔でそう答える。

父の記憶について考えるたび、そんな風景が浮かんだりする。それは最早推理でさえなく、純然としたフィクションだ。記憶を勝手に作り出し、好きな細部を付け加え、時間を無視した勝手な推理を当然のものとして開陳するが、理屈は誰にもわからない。シャーロック・ホームズ当人も、遡行推理と呼ばれる勝手な過去を作り出す技法により推理を行っていたのだと、多くの人々が指摘している。

父自身は自分の記憶の見え方についてこう語る。

「暗闇に懐中電灯を持って歩くようなものです。ただ照らせばそこにある」

想像が光の輪の中に浮かぶという証言は理解しやすい。暗闇には何者かが蠢いており、光をあてれば画される。一度確定された事柄は、電燈があちらを向いても残り続ける。そうした意味で、父は古風な迷宮探検ゲームをしていたとも言える。ワイヤーフレームで描き出された四角い通路を、手元の方眼紙に地図を描きつつ進む。ある年齢層の人間には馴染が深い行為である。迷宮に落ちるアイテムたちが謎の存在を仄めかし、物自体が暗号となる。

「同じ舞台にいるうちは堅固なのです」

ひとつのゲームで遊ぶ間は、迷宮はあまり動かない。一方通行の壁があったりするかも知れないけれど、迷宮があまり大胆に変貌（へんぼう）すると、大半の人間の把握力を超えてしまって、ゲームとしては成り立たなくなる。振り返るたびに異なる街が広がるようでは、散歩をするのもままならず、家（キャンプ）への帰還さえも危うい。舞台という名で父は意識の階層を表現しており、自分の位置を確定するのに利用していた。お話の中で記憶対象を示すためには、赤いマーカーを使ったそうだ。レーザーポインタの点のように小さく赤く、どこかに灯（とも）る。たとえば父の袖口（そでぐち）などに。そうして迷宮に落ちる凡百のアイテムたちとは異なるのだと目印をつける。教科書の文章に赤く傍線を引くのに似ている。

さてここでテストに戻ろう。先程の十個の単語のうちに、睡眠、の語は含まれていただろうか。コンピュータは、記憶という語は。布団（ふとん）は、釣りは、卓袱台は、わたしは。

そのどれもが先のリストの中には登場しないが、ひとつくらいはあっただろうと思ったとして不思議はない。眠りと睡眠は同じではないかと言われても、同じで異なる。

父は絶えず、このような想起に直面していた。何かを覚え、思い出し方を設定し、思い出し方を思い出し、何を思い出すのだったかを洗い出し、自分が何を知らないのかを選別しては拾い続けた。自分の袖に赤い光が灯るのを見て、思い出すべき単語は、父だったのか、袖だったのか、腕だったのか、肌だったのかを自分で決めねばならなかった。

父がその技を自在に扱えるようになるまでは長い時間が必要だったし、達成できたかどうかは意見が分かれる。

むしろ抽象的な対象の方が、まだしも記憶は楽だった。

「1、2、3、4、5、6、7、8、9」

と続く並びなら、覚えることはそう多くない。一からはじめ、九まで続くと覚えるだけだ。

「2、4、6、8、10、12、14、16、18」

偶数を小さい方から九個となる。

「2、9、4、7、5、3、6、1、8」

これはちょっと難しい。次のような魔方陣を横に読んでみた結果だからだ。

4 3 8
9 5 1
2 7 6

この並びでは、縦横対角線どの方向に沿って合計しても十五となる。三行三列の魔方陣は、回転や裏返しを無視すればこれ一つしかないと知られているから、ちょっと紙でもあれば思い出すのは難しくないし、記憶の風化にもよく耐える。

教授の行ったテストによれば、これらの数字を思い出すのに父が必要とした時間はどれも同じであったという。直感的にはこれは奇妙だ。数字を順に数えるよりも、偶数だけを数える方が時間がかかるし、面倒な並びとなれば尚更(なおさら)だろう。この三つの例であれば、想起にかかる時間は段々長くなるはずなのだ。

「〝1、2、3〟は御婦人で、〝2、9、4〟は少年ですから。黄色い帽子を被(かぶ)って半ズボンにサスペンダー、虫かごを袈裟がけにした典型的すぎる少年なので、見間違えようはないのです」

要するに父の道理は通常の把握と異なっている。一から九までを順に並べるだけでも、「1、2、3」、「4、5、6」、「7、8、9」を意味する三人の登場人物たちがある。そうしてみると「0、0、0」から「9、9、9」までを弁別するのに、実に千人が要る計算になる。

父は巨大な都市に生まれた。その人口は二千万人。更には夢を見ることにより、そっくりな都市へも移行ができた。教授がほぼ無限の記憶力としたのも無理ないことだ。

「数字人は、見ればそれとわかります。まるで数字のようですから」

胸にゼッケンをつけていることもあれば、名前が数字であったりもする。先の少年の名前はニキシー。御叮嚀にも虫かごの中にニキシー管を飼っている。父はそんな街を段階を追ってつくり続けた。

ごく平常な風景の中に、こうした抽象的な実体が混じって活動しているのが、父の都市の奇妙さだ。感覚としては、人に紛れてロボットが歩き回っているSF映画のようなものかも知れない。数字の並びやアルファベット、駄洒落(だじゃれ)の類(たぐい)が具体的な肉体を持ちそこらを歩き回っている。数字をそんな形で実感しているのだから、計算が得意だろうと考えたくなる。後には、タイプライターを用いてプログラミング言語を記していたということからも、ついそういうことにしたくなる。配線の狂った人間計算機(コンピュータ)という形容は、父に対してよく使われる。

実態はひどく異なった。父は小数を理解しなかったし、簡単な計算さえもわからなかった。小数点とは、数字人の間に落ちる小石のようなものとしか思えなかったし、電話番号と引き算の区別をつけることも難しく、引き算の結果の数字へ電話してしまうことも多かったらしい。分数は単に、一階と二階に住み分けている人々で、√は屋根として使われていた。父の描いた都市を仔細(しさい)に眺め続けると、そんな形のフロントガラスを持つ車がよくみつかる。

計算をすることはできなかったが、結果の方は利用ができた。一度教えてもらった計算結果は忘れない。次回はその結果を用いれば良い。掛け算の仕組みは放っておいて、巨大な掛け算の表の升目を埋めていく。父にとっての計算とはそういうコレクションめいたものだった。時に間違った結果を覚えてしまって、その結果は間違いなのだと記憶しておく手間が生じた。

史上最大の数学者ヨハン・カール・フリードリヒ・ガウスがハンブルクの科学協会へ推薦した放浪の天才計算者（カリキュレイター）、ヨハン・デースは、二十桁（けた）同士の掛け算を六分で暗算したとされているが、ユークリッドの定理を理解することはできなかった。

父は二十桁どころか一桁同士の掛け算さえも理解していたか怪しいが、一度聞いたことさえあれば、即座にその結果を思い出すことができた。こう言うわたしも、一桁同士の掛け算を九九の表として覚えているだけで、掛け算を理解しているとはどういうことかと考え出すと、不安な気持ちに襲われる。父はその種の計算表を膨大ながら単調極まる形で保持していた。

外国語にせよ音楽にせよ、全く無意味な文字の並びでさえも、父は同様に平坦（へいたん）に記憶していた。どんな言葉も瞬間的に街の内部に取り込むが、一般化をすることはない。規則動詞を何百個と覚えてみても、はじめて目にする動詞を活用させることはできない。何かの曲を正確に諳（そら）んじることができても、転調して編曲することはできなかった。絶対音感を持つ者が、基準音のずれた同じ曲を異なるものと感じるように、柔軟性を大幅に欠いた。

辞書だけがあり、文法がない。

父にとっては、林檎（りんご）と郵便ポストの赤色は、赤色一、赤色二というように別個に分類されていたようだ。赤色一は林檎一、二、三……にくっつき、赤色二はポスト一、二、三……につく。文法的な要素までもが辞書の中に記されている。喫茶店での会話を、旅行用例文集だけですませるようなものとも言える。分厚い例文集さえ手に入れば日常会話は行える。父のあらゆる応答は自動的だと言われる所以（ゆえん）だ。

また同じ川へと入る。

両親は、よく一緒に川辺を歩いたらしい。

父にとって、それは同じ川だった。特に会話をすることもなく黙々と肩を並べて歩く。川を横切る飛び石の列へとさしかかると、母はいつも靴を脱ぎ両手に持って渡ったという。途中腰掛け、足を浸して、目を細めて水面（みなも）を見る。

「起きてる」

と川面（かわも）を見つめたまま訊（たず）ねる。父は頷（うなず）く。勿論（もちろん）眠っているに決まっているから。

「そちらのわたしは、こちらのわたしとどれくらい似てる」

母は訊ねる。父の記憶の中の母は、現実の母に負けず劣らず尋常一様の人物ではない。

「……この川と同じくらい似ている」

父は答える。何度も同じ場面にさしかかるたび、同じ問いに等しく答える。川は等しく川であり、父は母を、眠りの中でだけ会える人物と認識していた。毎夜の夢で同じ場所に導かれても、同じ夢かはわからない。川がいつも異なる川であること、同じ文章が書かれた本がやっぱり違う本であること、母が毎度異なる母であることは、父にとっては受け入れやすい見解だった。父にとっては全(すべ)てのものは異なっており、同じものなどないわけだから、特に苦しむ理由はなく、「異なる」の字を、「同じ」と読み替えてしまえばそれで済んだ。

目覚めている間の食事は、味気なく感じられたという。父の記憶の性質上、食べ物の味に驚くことができるのはきっかり一度きりに限られている。もう一度、その味に驚いた記憶を再訪することはでき、実際に感じることもできるのだが、同じで異なり、二度と姿は現さない。

「君といるときが一番美味(おい)しい」

本気でそう言っていたのだと真面目な顔で主張して、惚気ではないとつけ加えたが余計なことだ。父には惚気るという機能が欠落している。

この時期、父は中学生。まだ母とは通常の意味では出会っていない。

学業成績は下の上というあたり。教科書をノンブルや頁の染みまで覚えてしまえるおかげで、応用はきかずとも最低ラインを割ることはない。これを覚えておけと言われればそのまま覚えて忘れない。要領がよいのか悪いのか、当時の学級担任は随分と困惑したようだ。愛想の良い生徒ではないが、素行の乱れるところもない。一度何かを教えると淡々と繰り返して飽きる様子もみせないところが、不気味といえば不気味に映った。

同級生の間での印象も薄い。ごくごく自然に、物に対する無関心さで取り扱われていたらしい。

たとえばいつもの通学路が、工事で止められていたりする。思案顔で眺める父を、同級生たちは何度か助けた。腕をとり、強引に道を変えてやるとほっとしたようにまた歩きだしたという。一度道を変えることを覚えると、今度は道を変えることに熱中しだした。同じ道をぐるぐる歩き続ける父を無限ループから救い出したのも級友たちだ。担任に告げることはなかったようだが、近所では名物扱いされたらしい。壁に突き当たって足踏みする玩具の向きを変えるようなものだろう。

学習を学ぶ二次学習を、父はこの時期に獲得している。

自分の記憶の街の中に、見知らぬ物が登場する。そうした事物の混乱に、父はようやく馴染みはじめた。見知らぬ物体の方が現実の存在なのだと理解しだした。小学生の間はあまり顕在化しなかったこの混淆は、過適応だろうとされている。何かを理解しはじめると、その理解を過大に広げて一般化し、身動きが取れなくなる現象は広く知られる。何かの試験を繰り返すと、最初のうちは高い正答率を示しても、やがて成績が低下してくる。それでもそのまま継続すると、以前の水準へと回復していく。理解をし、一般化して、適用範囲を見定めるには、そんな過程が必要らしい。それまで自然に動いていたものを意識してしまうと、理屈がわからなくなり混乱する。手がどうして動くのかを考えるとき、自分はどうやって息をしていたのかを考えるとき、文字をただ見つめる間、指はもつれて呼吸は乱れ、意味は記号を離れて乱れる。

父は眠りを知ることにより、外界と内面が分けられることを知り、自分の再設計を開始した。外側はあくまで外側であり、のちに教授の研究室で大量に描き続けることになる自分の記憶の街並みは、たとえ細部が寸分違わず現実の街と一致することがあっても、あくまで記憶であって想像なのだと、そう理解をすることにした。

「でもそうすると」

不安が父を襲いはじめる。

「君に会えなくなりはしないか」

父の記憶の中の母というのは大変都合の良い人物だから、飛び石に腰かけたまま父を見上げて、首を傾げて微笑んでみせる。

「ここで会えるのだから良いじゃない」

そういうことを衒いなく言う。

眠りの中で、より覚めている。食事が美味い。この事情は父を激しく悩ませる。父が起きている間の母は視界の隅を飛び回って捕まえられない。ただこうして夢見る間、否定しがたい現実感を伴い現れる。夢の中の人物に夢で逢えると慰められても、父の心は浮き立たなかった。

ここには多重の入り組みがある。父の記憶の街は、現実の街に重ね描かれて拡張された街であり、そこには現実の人々の姿もある。父の夢の街は、父の記憶の街そのものであり、そこには現実の人間はない。その癖、父が実感できる相手は母で、それは夢の中での出来事だ。だがしかし、それはわたしの母で、更に加えて難儀なことには、この時点での父とは出会っていない。

記憶の混濁。それは勿論、明らかだ。にもかかわらずこうして起こり、起こり続ける。

当時の父が恐れていたのは、夢を夢に閉じ込めきってしまうことにより、母を完全に夢中の存在にしてしまいはしないかということだ。夢と記憶のけじめをつけて、記憶の中の母の姿が夢に押し込められてしまっては元も子もない。けじめを理解しなければ母は視界から逃れ続けて、対面さえも叶(かな)わない。

そんな想像に父は悩んだ。

その悩みは、高校生の夏の日に、別方向へ解消されることになる。

また同じ川でそれは起こる。

いつもと同じ問答を訥々(とつとつ)と繰り返す父の視界の隅に、一人の娘が現れ、消える。

頭を巡らし少女を捉(とら)え、また逃れ去る。父の普段と違う動きに、母もつられて目で追いかける。それは父の見知った娘だ。かつては記憶の街で何度も見かけた、姉の姿だ。

父は眩暈に襲われる。母の横へと力なく腰を下ろして、革靴とジーンズの裾が川へとつかる。

「夢の中で更に夢を見なければいけないのかと、気が遠くなりましたよ。ようやく様々な事柄に折り合いをつける術を学び終えたと思ったところだったのですから。やり直しです。衝撃ですよ。地動説から天動説への鞍替えを終えたところで、その宇宙像は間違っていると告げられたようなものでしたから」

こうして父が一旦整備した夢は綻びはじめて、穴が開く。

現実と夢、裏表の往還でなんとか満足しかけたところで、夢が夢一、夢二と広がることを父は実地に知らされた。夢二が存在するのなら、夢三だってあるだろう。それは最早、表や裏では収まらないから、全体としてどんな形をしているのだか予想のつけようさえもない。

そんな思考に圧倒される父の傍らで、母も体を固くしていた。真っ直ぐ見つめる視線の先には、姉を連れた父の姿が現れていた。その横に母の姿が現れ寄り添う。

父が顔を向けると視界をはずれる。

沈黙は母の方から破って捨てた。

「仲良くできそうな気がするな」

向こうの人物たちもまた自分たちなのだから当然だろう。父はそう素朴に思ったという。

「そう簡単なものじゃないだろう」

憤る声が不意に父の背中から湧き、振り返ってはいけないと告げる。

「傘で守っているけれど、まだあなたの視線に耐えるほどの準備はできていない。僕が誰かもまだ考えてはいけないし、今は聞き流してしまうのが良い。奇妙な男が変な独り言を呟いて通ったってだけのことさ」

若い男の声はそう言い終えて、顔を傘で隠したまま、奇妙な動きで飛び石を跳ねて渡って行った。勿論、それは父の子で、姉の弟で、夢三だか四だかから漏れ出してきた、このわたしだ。

父はわたしを、そのようなものとして理解していた。

付け加えるまでもないことだが、わたしはそんな記憶を持たない。勝手に想像された自分の像を共有する義理などはない。父が勝手に登場させた、わたしそっくりの人物であるにすぎない。父は随分長い間、その人物の正体がわたしだとは気づかなかった。その後の父の記憶の中に何度か現れ、適切なアドバイスを残しては、窮地を救って去ったりした。最後まで気がつかなかった公算が高い。

教授の著書にそんな記述を発見した時、わたしが何を思ったか、一言では言いようもない。光栄だろうか。そうでもない。業腹（ごうはら）だろうか。特にそうとも感じない。確かに腹の立つところもある。自分がやった記憶もない事柄で、父に感謝されるくらいなら、実際に世話を焼いた記憶の方へ謝意を向けてもらいたい。そう思いつつ、無理もない、と言っておくのが適切だろう。

無理もない。

父の残したスケッチの中に一人の男の肖像があり、「協力者A」と教授の筆跡で書き込まれている。教授はそれを父の自画像なのだと考えていた。何か父にしか知られぬ理由があるのか戯（たわむ）れなのか、意識的にか無意識的にか、そんな名前をつけたのだとした。その皺面（しわづら）は無論わたしの顔である。ただし、今現在のわたしの顔にとても似ている。父のスケッチの中で、姉やわたしと名指しされる家族は母以外、ほんの飾りのついた円形としてしか登場しない。

こうして顔が残されたのは、父がわたしを、わたしとは異なる人間として認識していたからである。

4

高校を卒業した父は、読書を趣味としはじめた。趣味と呼ぶには度を越すほどに。親戚（しんせき）の伝手（つて）で事務仕事を回してもらったものの、当然ながら長くは続かなかったらしい。用いるにコツの要る人物であり、どうにも癖が強すぎる。父の方でも、拡大と侵攻を続ける夢に溺（おぼ）れて自身の再構築に失敗し続けていた時期だから、扱いは尚更（なおさら）面倒となった。

父が本へと没頭したのは、破れかぶれな気持ちもあったのだという。学業成績の芳（かんば）しくない父だったが、書物は特に鬼門だった。何が書いてあるのかなぞることはできるわけだが、そこに現れる光景は父を当惑させた。ただ捲っていくだけで電話帳を丸暗記できる父だから、文言を覚え込むのは難しくない。だがそれだけだ。意味を考え読み進むうち目が回る。ほとんどショック療法にさえ近い様相を呈した。

折り重なった記憶に襲われるのも、本の記述を追いかけ目が眩むのも、同種の感覚と父には思えた。どうせ混乱するのなら、積極的に混乱してやろうと意気込み、本に取り組むことにしたらしい。

読者としての父は、容易に予想されることだが、勝手な肉付けを行う種類の人間である。男があったと目にするだけで、そこに男をまず見出す。抽象的な男ではなく、詳細な経歴までを持った男だ。

〝私は十五だつた。そしてお前は十三だつた〟

そんな文を目にすると、年齢よりまず、十五がでてくる。父が記憶の便利のために、数字やアルファベットを都市の住人に割り当てていたことは既に記した。そうして「お前」と名指された自分は十三である。ただし十三は既に別の人物だから、これは別の舞台なのだと考えはじめる。流石に誰かに「わたし」と言われて、「わたし」はわたしではなかったかと人称に悩む段階は小学生で終えている。「お前」と言われるとわたしかと思う。

〝私はお前の兄たちと、苜蓿の白い花の密生した原っぱで、ベエスボオルの練習をしてゐた。お前は、その小さな弟と一しよに、遠くの方で、私たちの練習を見てゐた。その白い花を摘んでは、それで花環をつくりながら。飛球があがる。私は一所懸命に走る。球がグロオブに触る。足が滑る。私の体がもんどり打つて、原つぱから、田圃の中へ墜落する。私はどぶ鼠になる〟

そのわたしには、兄がいる。自分に兄はいないから、その舞台のお前はやはりわたしではないと父は思う。〝お前は、その小さな弟と一しよに〟と言われてわからなくなる。いたのは兄ではなかったろうか。傍らに小さな人物が立つ。〝私はどぶ鼠になる〟。もうわからない。私がどぶ鼠になるのなら、自分も鼠になるべきなのか。十五がどぶ鼠となって走り去る。

父は心底真面目（まじめ）である。紙面を睨（にら）んでひたすら舞台を整えようと試みる。口の中で文面を何度も繰り返し、何が起こっているのかを再現しようとし続ける。えらく真面目な男がいると、図書館員の間で噂（うわさ）となった。頁を開いたきりで手を腿（もも）の下に敷いて硬直したまま、歯ぎしりをして汗を流して睨み続ける。

そんな父を想像すると、あえてそんな文章を選んで掘り出してきたのだろうかと少し可笑（おか）しい。もう少し父向けの文章というのもありそうなのだが、父は知らない。父の都市が全（すべ）てを含んでいたように、本といえば全てを含んでいるはずであり、どれも同じと考えていた節がある。せいぜい、同じ物の一部なのだと考えていた。作者というものが複数あると、理解していたかどうなのか。

お話の中に登場する諸々（もろもろ）がどのようにして連絡するのか父には全くわからなかった。皆目見当がつかないなりに、背後の道理を、本の読み方を理解できれば、夢を含めた自分の記憶の混乱も収まるのではと願ったりした。一般的には正しそうだが、父にとってのこの療法が適切だったか甚だ怪しい。

頁を捲るだけなのだから、一旦心を決めてしまうと、それはもう猛烈に読み進めたが、教授は文芸作品に興味を持たない人物だったようであり、父の読書傾向について多くを残してくれていない。比喩（ひゆ）の解釈を試験して父の推論過程を探査するには、自前の短文を用意した。「あめんぼ赤いなあいうえお」式の文章を父に与えて、解釈に耳を傾けた。教授の観察対象となった時期、父は既に晩年を迎えていた。教授は素直に感嘆の声を挙げているが、父にからかわれていたようにも見える。

「あめんぼといえば、たとえば清造でして、古びた寂しい沼の縁で、一人で遊んでいるのです。沼のあたりは一番静かで誰にもいじめられずに遊んでいられる場所でしたから。しかし清造はそんなことを言わないでしょう。あいうえおと突然言いだすような少年ではない。ですから、あめんぼ赤いなあいうえお、は意味のない文章なのです」

そうして清造なる人物について滔々（とうとう）と語りだしたりする父であり、教授は忙しくペンを動かしてその言葉を書きつけた。

今のわたしには、この沼についての父の描写が宮島資夫（すけお）の『清造と沼』から引かれたものだとわかっている。父が語り、教授が長々と記した内容はほとんど全く、その小説の本文そのままである。実験される対象が、観察側に書き取りをさせて遊んでいるようにしか見えない。

父の読書リストとして教授が書名を書き残したものは、以下のとおりだ。

・森鷗外、『かげ草』。ギリシャの小説の翻訳と、鷗外の書画の写真版や書簡を収める。
・ドストエフスキー、『マーチン＆マーチン』。狐憑きの男についての物語。
・作者不詳、『ピオピ』。小説だとしかわからない。
・室生犀星、『細娘』。原理的に内容の知られぬ本であると父は主張した。

いずれも父の記憶にしか存在しない本であると教授は切って捨てており、来歴の調査は行わず、書きとめたきり興味を失ったらしい。鷗外の『かげ草』については実際に存在する書名だから、教授の断定は少しおかしい。もっとも実際の本の内容は父の証言と異なるから、ただの作り事として流したのかもしれない。それとも実際に『かげ草』を見せ、父がその本ではないと否定したというあたりかも知れないのだが、記録は特に残っていない。

本は、父の記憶を混乱させると同時に、多少の秩序も提供したが、残念ながらそれはこの世の秩序ではない。
父は「私」がどぶ鼠になるという現象を判じかねていたものの、長く気に病んだりはしなかった。混乱には既に馴染が深い。掛け算を理解できないような男であるから、こちらの解決も表をつくるしかないと考えたようだ。以下の抜き書きに関しては、教授の研究資料の複製からの抜粋であり、著者と書名についてはわたしが加えたものとなる。

〝自分自身の胸にストンと全部、きれいに納得できるやうな作品、一つでも自分が書いてゐたら、また、いますぐ書ける自信があつたら、なんで、こんな、どぶ鼠みたいに、うろうろしてゐるようぞ〟太宰治、『正直ノオト』

〝犬でもドブ鼠でもモグラモチでも、肉気のものなら、みんなキザンでコマ切れにすりゃ百円札に化けちゃうでしょう、カミサンなんざ鼠の皮をむくだけでテンテコ舞をしているうちに焼かれて死んじゃってネ〟坂口安吾、『出家物語』

〃洞熊(ほらくま)先生の方もこんどはどぶ鼠をつかまへて学校に入れやうと毎日追ひかけて居りました〃宮沢賢治、『寓話(ぐうわ) 洞熊学校を卒業した三人』

いくらでも抜き書くことは可能なのだがこのあたりで充分だろう。父にとっての本の中のどぶ鼠とは、こうして蓄積され続ける文章たちの交点として存在していた。書き忘れたが先のベエスボオルに関する文章は、堀辰雄(たつお)の『麦藁(むぎわら)帽子』の冒頭部にある。

父の内面を想像すると、ほとんど気が遠くなる。野球をしていた少年が一人、鼠に変じ、何かを書こうとうろうろしており、刻んで細切れにされてしまえば百円札へ化けるしかなく、絶え間なく洞熊先生に追いかけられて、鼠の皮を剥(む)くカミサンは、テンテコ舞をするうち焼け死ぬ。統一的な理解は不可能だ。無論、ことはどぶ鼠だけで済むはずもなく、父の中ではあらゆる単語がそうした網目の中に位置しており、相互に風景をやりとりしている。父は激しく舞台を切り混ぜながら、夢の筋道を把握して、脱出する道を求めて迷宮をさまよい続けた。

ノートに埋もれる次のような述懐は当時の父の内面の直接的な吐露とも見える。

〝そして森の別の口から／高らかに渦巻く調べを奏でながら、／一つの球体が走り出る。それは幾千もの球体からなる球体で、／水晶のように固いけれども、その塊を貫いて、／虚ろな空間を通るように、音楽と光が流れる。／紫に、青に、白に、緑に、金色に／一万もの球体が互いに包み包まれ、／球体をはらんだ球体となり、／それらのあいだの空間には、想像も及ばぬ姿のものどもが群がっている、／明かりのない深淵に棲息すると亡霊たちの夢想するものどもが〟シェリー『解放されたプロメテウス』（ただし引用は夏目漱石『文学論』から）

勿論父がこの文面から受け取ったはずの印象は、通常の読者が見出すものとは大きく異なっていたに違いない。父の症状を記したようにも見えるこの詩を父がどのように読み取ったかは、想像の遥か外側にある。

父がタイプライターを導入したのはこの時期である。外部の記録の必要性に父はようやく思い至った。夢の外へ出るためには、思考を外へ出さねばならない。自閉した表の中では全てが広がり続けるだけだ。父はやっとそう気がついた。あらゆる思考が風景として進行してしまうのならば、風景についての思考はその外へ置くより他ない。外へ置くという行為によって、制限は生まれ、道理は生ずる。

それでも通常の文字を記してしまえば、通常の文章となってしまって、異国の言葉を用いようとも、父の頭の中の表はすぐに空欄を埋め尽くされてしまうことになる。他の場所では見かけぬ記号を父は採用することになる。

勿論、程度の問題ではある。父は、そこへ置かれたタイプライター程度のものを記憶の中で実行するのに何の苦労もない能力者である。APLの四角い記号が打ち出されても、四角いという特性は持つ。幻視の中で、四角を担当する人物が傍らを通り、丸印だって挨拶を寄越す。それでも仮名やアルファベットや数字が引き起こす細部に比べて、幾何学模様がひきずってくるお話はまだ耐えやすかった。

そんな性質の父であるからプログラミング言語などが理解できたはずはない。むしろ自分がその背後の理屈を理解できない言葉や記号をあえて選んだ。

父は自分の思考の脈絡を探しはじめる。風景としては直接的に現れ出ない、背後に隠れて風景を動かす原理について。既存のお話の濁流の中に整合的な舞台を誂えようとするのではなく、机の上にタイプライターという舞台を据えて、自分の体の理路を外れたお話自体を紡（つむ）ごうとした。そんな能力の持ち合わせはなかったから、ただ闇雲（やみくも）にキーを叩（たた）いた。

「ほとんどランダムな文章である」

これは父のＡＰＬによる書付を精査した教授の結論である。父がＡＰＬ記号を操るのを見て、その読解に挑戦し、ついには自分でもＡＰＬを用いてモデルを書くようになってしまった教授は記している。

「しかも習熟していくにつれ、キーの使用頻度から偏（かたよ）りがどんどん減少していく。キーの配置に対する肉体的な拘束から生じる偏りを意図的に消去していく試みと見える」

教授の落胆は屹度（きっと）大きなものだったろう。そこに文章があるのなら、教授は意味を求めたはずだ。その文面に意味を見いだせないなら、自分の能力が不足していると考えるのがまずは正気だ。いかに解読しようとしてみても、特に構造の見えない文章。あるいはどんな文章さえもそこから取り出せてしまう種類の暗号。ようやくおかしいと考えてみて、登場する記号の頻度の統計を取り、そこには偏りがないと判明する。つまり全く意味を持たない。

異を唱えるつもりはないが、わたしはこう付け加えたい。

父は、出鱈目な文字列からさえ、積極的に意味を読み取り、否定する訓練をしていたのだと。

シャーロック・ホームズは、勝手に過去を想像し、無数の過去から今現在に合致していて、未来へ向けた有益な推論をもたらす過去を、当然そうあるべき過去と認め、過去の方でも不平を言わずに従っていた。

父にはそんな推理方法が理解できなかったはずだと思う。過去はいくらでも生成できたし、脈絡は表に収められて増加していく一方であり真偽を持たない。

自分の想像を裏切るように、指に馴染んで打ち込みやすい文字の並びを、つい生成される慣用句を、常に破壊し続けること。自分の思考が何かの形をとらないように、自分の読解能力が見出す意味を打ち消すように、記号を打ち続けたのだと思う。予期できてしまうものは、想像の内側にある。理解のできない代物はランダムとなる。そこでようやく、街は壊れる。

父の二十代の前半は、そんな訓練に費やされた。

教授の記した父の読書記録について種明かしをしておこう。
森鷗外の『かげ草』は、芥川龍之介（あくたがわりゅうのすけ）の『本の事』に登場する夢の中の書物である。この話を受け、堀辰雄が記したのが『本のこと』という掌編であり、残りの三冊はこちらにでてくる。

当然、教授やわたしがそんなことを知っていたはずはなく、これは検索の結果である。今となってはネットワークに接続されたラップトップを少し叩けばたちまち知れる事柄だから、自慢気に記す理由もないが感慨はある。こんな事実が一瞬のうちに判明するまでには、二十年の歳月が必要だった。

わたしは丁度、教授の著作が世に出た時分、既に書き記された英文をひたすら機械の中に蓄え続ける仕事をしていた。まだネットワークが臨界を迎える以前の話だから、入力は主に手作業に頼るしかなく、蓄えられたデータの総量はほんのささやかなものだったのだが。蓄えるだけではつまらないから、継ぎ接（は）ぎにして新たな文章をつくる遊びもしていた。

血は争えないということだろうか、ただの偶然であるはずなのに、どうも似ている。まるでわたしが、父をつくろうとしていたかのようだ。わたしの遊びは、別に何も理解していない機械の箱に、自動的に文章を吐き出させるというものだった。理解も実感もなくとも文章を作り出すことは可能だ。計算機のパワーを借りることにより。わたしは機械に意味を理解させようと考えたこともなかったし、人工知能の研究者たちがやりたがっていることもわからなかった。父は理解や実感を探し続けて、山のように文章を読んでは記憶し、果てはランダムな文字列を眺めることに読書の喜びを見出すに至った。

父の死と時期を同じくして隆盛を迎えることになるネットワーク上での検索事業の発展を横目に、わたしはそんな遊びをやめた。わたしは所詮零細の事業主だったし、根を詰めての共同作業を苦手としていて、継続的な事業には向いていなかった。技術的な退屈さにもうんざりしたが、わたしがその事業を捨てたのは、何より父が既に通った道だと知ったのが決定的だ。語句を呼び出すだけでなく、ありもしない意味自体を検索する。父はそんな段階へ到達していた。そんなところへ不用意に入り込んでもただ混乱が増すだけだと、父は身をもって示してくれた。

それからあとのわたしの仕事は、父を理解する方法を探す道へと舵を切った気がしている。自分としてはそんなつもりもなかったが、この二十年を振り返るとそういうことになっている。文章の自動生成、自動判定、奇妙な物に書かれる文章、おかしな物で書かれる文章。様々なものに気紛れに手を出すことになったわけだが、未(いま)だに父を摑(つか)めた気持ちはしない。

教授の残した拡張APLによる父のモデルも、実際に動かしてみたことがある。確かに美しいとは感じる。だがそれだけだ。いろは歌を仮名へ分解し、順列組合せを片っ端から生成し、鳥啼歌(とりなくうた)をみつけるような作業に似ている。鳥啼歌とは、明治期にようやく発見された、いろは歌の一変形だ。

とりなくこゑす　ゆめさませ　　鳥啼く声す　夢覚ませ
みよあけわたる　ひんかしを　　見よ明け渡る　東を
そらいろはえて　おきつへに　　空色栄えて　沖つ辺に
ほふねむれゐぬ　もやのうち　　帆船群れゐぬ　靄の中

いろは歌を現実として、鳥啼歌を父の記憶の都市とする教授の比喩(ひゆ)は興味深い。

肉体と機械の違いについて考え続け、わたしは多くの時間を費やしてきた。一足飛びに言い切る言葉を知ってはいるが、まだそこへ手を伸ばすような年齢ではない。違いは大きく二つある。同じものの別個の側面という形をしている。

ひとつは、単なるスケールの違い。肉体をつくる分子は小さく、歯車は大きい。人間の思考は手に収まる程度のものを考えるのに向いていて、目には見えない小さなものを想像するのに向いていない。思考自体が、体程度の大きさのものに随伴している現象である。そうなった理由は理解しやすい。進化の過程で、自分と同じ程度のスケールの現象に晒され続けたからである。口の中に入る程度のものが扱いやすく、腹を満たすくらいでなければ生存できない。だから歯車を理解はできても、分子のことは考えにくい。

ふたつは、設計思想の違い。機械とは設計図を書ける程度の代物だ。誰かがつくらなければならない以上、伝達される必要があり、伝えることのできる情報量は限られている。肉体とは、そこで既に動いている物に対する事後承認的な用語にすぎない。人間の構成要素はサイズを含めて変動するが、それでも同じものとして扱われる。適当に区別をしているせいで、そんな混乱が生じてしまう。二人の人間の分子の種類と配置がどこかに書かれているとして、それが同一の人物かどうか、判定する術をわたしは知らない。器官における明らかな相違がみられることもあるのだろうが、分子の配置の記述だけからでは、器官の形を再現するのも困難だろう。

歯車は手に取ることが可能であり、分子をひとつ摘むことは難しい。単語で考えることはできても、仮名そのもので思考を行うのは辛い。これはスケールの違いであって、設計思想に違いをもたらす。

人の思考は人や機械を理解するのに向いていて、生物学を理解するには向いていない。人間の進化の過程において、信仰は生存に有利に働き、生物学はそれほど寄与をしなかった。どちらに馴染みを感じやすいかは言うまでもない。

当たり前だが父の脳は機械ではなく、肉体の一部をなしている。膨大に入り組む神経網や隙間を飛び交うイオンによって活動しており、その特殊性は脳の領野に広く薄く広がっている。

父の脳機能にかんするデータは、未整理のまま残されている。時代が時代だったから、それほど精密なものではない。スクリーンに明滅する光点を見てボタンを押したり、算数の問題を解く際の脳電位の変化を読み取ったりした。御世辞にも系統的なものとは言えず、思いつきで片っ端から測ってみた結果の寄せ集めにすぎない。そのデータを解析してみようと思ったのは最近で、わたしがその頃取り組んでいたNLTについてのメタアナリシスの余技として、父の資料を掘り出してみた。メタアナリシスとは、出どころも遂行者も異なる実験結果を大量に並べてより大きな実験系をつくりだし、個別の解析では埋もれてしまう結果を見出す技法を示す。結論のみを手短に記す。

父の自由意思についての結果と言うと大げさであり、ふたつの電位変化のタイミングについての話だ。

あなたが何かを意図するとする。それも脳の活動だから、脳の電位は変化する。あなたが何かを実行する。その際、脳は体に指令を発して活動するから、電位の変化がそこに生じる。

あなたは何かを意図し、その行動が実現される。

通常の人間における電位変化の順番は、行動が先で意図を認識するのがあとだ。意図をしたから行動したというのは、あなたの見解でしかなく、脳の方では逆になる。これは重大なことに聞こえるわけだが、当たり障(さわ)りなく言い直すことは常に可能だ。

あなたは何かを意図してみる。意図していると知らないままに兎に角意図する。意図に従い行為が生じ、それからあなたは、自分が意図したことを脳の活動としてはっきりと知る。それだけだ。脳科学的にややこしい点は多くあるが、解釈は専門家に任せておきたい。

父においては電位変化の起きるタイミングが逆となる。何かを意図し、意図したことをはっきりと知り、行動が起きる。これは重大な結果だろうか。多分おそらく。わたしにこの意味が理解できる日が来るとは思えない。もっともわたしのメタアナリシスの精度については保証できない。教授の残した実験系は多分に場当たり的なものであり、必要なデータは圧倒的に足りないから。

それはつまりどういうことかと真顔で問われても、それだけだとわたしは答える。面倒な議論に積極的に飛び込んでいく趣味はわたしにはない。

自分の体のどこかに、レーザーポインタのような赤い光が灯っているかも知れないと考えるのは少し楽しい。

5

父の葬儀のあとの二週間、わたしは教授の著書と残された資料の複製に没頭していた。謎が明かされていく感覚は、それがどんなものであろうと楽しい。それ以前に、ただ不可解というだけだった父の振る舞いの背後に謎があったと知るだけで、とても大きな事件と言えた。何かが起こっている以上、理由はある。そういうものだと知ってはいても、そんな道理を自分の父に当てはめることができるとは、不思議と考えたこともなかった。

わたしは資料にのめりこみ、葬儀の準備も応対も、後片付けもほとんど姉に任せてしまった。薄情だと言われそうだが、その通りである。抽象的な父の現実的な死を実感するには、まず父を現実的なものとして理解し直す作業が必要だった。まあ言い訳というものである。

がらんとした父の二階の部屋にこもり、二十年前のわたしは父というパズルを眺め続ける。部屋が整頓されているのは、姉がこの家を引き継ぐと宣言してとっとと掃除をはじめたからで、そういうところが実務的でさっぱりしている。わたしが引き止めなければ、教授の著書も資料のコピーも、いかついタイプライターもまとめて捨てられてしまうところだった。

暗闇の中で寝転びながら、父の背中を思い出す。

「俺は今喋っているか」

そんなことを見当はずれの方向へ向け呟いていた。そうして喋っていたときよりも、本人がいなくなった今の方が、余程喋っている気がしてくる。

階下で幼い泣き声が湧き、二組の足音が壁の中を上ってくる。襖が乱暴に開け放たれて明かりが灯り、姉が玩具箱を抱えた姪を押し押し現れる。わたしがこうしてずっと籠っていたせいで、姉はいささかやつれている。通夜の席にタイプライターを担ぎこもうとしたわたしへ向けて流石に癇癪を炸裂させたりもした。母の葬儀における父の姿を思い出し、全く同じだと二人で笑った。

「ちょっとお願い」

姉は言いつつ、幼児の背中をこちらへ押し出す。三、四歳というところだろう。女の子と聞いてはいるが、飾り気のない服装からは性別はまだ見分けにくい。唇の端にうちの家系にはない特徴的な曲線が見え、これは写真を見せられただけの父親由来のものだろう。泣きじゃくっていた姪は、重心の高い動きでたたたと走り、半身を起こしたわたしの肩のあたりに飛び込んできて、何かの変身用の棒が脇(わき)をかすめる。懐(なつ)かれているのか、渾身(こんしん)でとどめを刺そうとされているのか、判断に迷う。

「父さんとおんなじ」

ひどい台詞(せりふ)を投げつけて、そっけなく身を返した姉の背中に聞いてみる。

「父さんは、どうやって母さんに出会ったと思う」

眉(まゆ)を弓なりに吊(つ)りあげた姉が振り向く。

「嘘(うそ)だと思うよ」

姉までもが、母と父とは結局出会わなかったと言いだすのではと、わたしは逆立ちをして耳のあたりを蹴(け)りつけてくる姪の足をかわし、腹部にクレヨンを押しつけられながら身構える。

「あんた聞いたことなかったっけ。母さんがよく言ってた話」

「知らんね」

姉は一つ溜息をつき、敷居に構わず部屋と廊下の境界にどっかと座る。脛が痛かろうと座布団を投げるが身をかわされる。

「全く馬鹿馬鹿しい話なのである」

という姉の口調は、どこで仕入れてきたものなのだろうか。いずれ訊いてみる日も来るかもしれない。姉もどこかで生きる以上は、様々妙な履歴が積もっているには違いない。

「書店で同じ本を手に取ったのが切っ掛けだって。それよりあんた、いつまでもふらふらして訳のわからないことばかりしていないで、そろそろ何とかしなさいな。

ああ馬鹿らしい」

わたしが顎を上げたのは、姪の張り手を避けるためである。紙製のパズルの破片を握る分だけリーチが長い。衝撃と呼ぶべきものは微塵もなく、脱力感の方が大きい。それはなんとも父らしい。内部にどんな壮大な光景が広がろうとも、実際上の父の行動は、いつもそんな風に気恥ずかしい。母らしい、というべきかどうか。

「可笑しな人たちだったってことだな。参考までに書名を教えてもらえないかな」

そう笑うわたしへ向けて、姉は冷たい視線をくれる。

「あんたも同じだよ。いつもよく分からないことばかり言い続けて、こっちの気持ちというものも考えて欲しい。次にあんたが言う台詞なんてお見通しだよ。今喋っているのは俺だとか言う積もりさ」

全くその通りであるので、わたしは姪を小脇に抱えて立ち上がり、姉は傍らの座布団を拾い投げつけてくる。これ以上一緒にいればわたしの将来についての小言が堰（せき）を切るに決まっているから、逃げてしまうにしくはない。やれやれと言い残して階段を下りていった姉の気配が静まるのを待ち、姪の顔に視線を落とす。暴れるのにも満足したのか、背を弓なりにして、騒ぐでもなく年寄の猫のように無抵抗にだらりとしている。葬儀の場ではじめて会ったが、人見知りはしない性質らしい。それが三、四歳児の特性なのかは忘れてしまった。別に下ろせとも言いださないので、そのまま持ち出すことにする。おそらく父も、自分の子供をこんな風に扱ったのではないかと思う。自分のことだが思い出せない。

こうしてわたしは、自分の記憶の街へ踏み出す。

姪を抱えて歩きはじめる。父のような超記憶力は持たないから、周囲の風景は曖（あい）

昧だ。間を置いて照らし出される街灯の下をてくてく歩き、間の光景は飛んでしまって、ようやく姪がむずかる頃には、川へいつしか到達している。蛍を見物しているカップルたちを横目に、手を繋いで川辺を歩幅を合わせてゆっくりと歩く。幼児誘拐犯と見なされないかとたじろぐ自分に苦笑しておく。蛍が三匹真っ直ぐ並んで点滅するのに意味を付与したい気持ちが生じ、偶然なのだと抑え込む。

飛び石が川を横断する地点に達し、奇声を上げる高校生たちが、互いに突きあいながら飛び石を飛んでいくのを眺める。途中に座り込む男女の姿は特に見えない。見えてしまっても困る。

「お祖父ちゃん」

姪がわたしを見上げて言う。

「叔父さん」

と生真面目に訂正しておく。

「似てる」

と姪が断定する。葬式の写真を眺めての感想だろうか。それはまあ似ているだろう。親子であるから。

「君のお祖父さんとお祖母さんはここで出会った」

そう真実を告げてはみるが、姪は興味を持てないらしく、わたしの手を振り払ってけてけと飛び石へ向かって歩く。会話の通じなさという点においては、姪も父も同断だ。この先、道を間違えなければ、姪は人間に近い生き物へと無事成長するだろう。間違えることは普通できない。超記憶力は先天的な性質だし、いちいち手を加えて調整するには小さすぎる歯車たちが父の思考を形成していた。

この娘の名前を忘れてしまったことにわたしは気がつき、単に、姪よ、と呼びかけておく。わたしたちの関係を理解しているのか知らないが、姪は振り向く。わたしは自分の襟を指さし、姪は黙ってそれを見つめる。姪の瞳に川沿いのビルのネオンの赤が映り込む。姪は、つと目を逸らし、やはり猫のようにして虚空を見つめ、耳を澄ませる。

「叔父さん」

と言う。歩み寄って小さな頭を両手で挟み、そっちじゃないと言い聞かせる。

わたしの瞳の奥を覗き込み、何が面白いのか知らないが、姪はきゃっきゃと笑いはじめる。わたしは自分のシャツの心臓あたりを指さして言う。

「ここに赤い点が見えるだろう」

「見えない」

姪は素直にそう答える。

見えるんだよとわたしは言い、姪は晴れ晴れとした笑みを浮かべる。

「目、瞑（つむ）ると、赤い」

きゅっと小さな瞼（まぶた）を閉じる。


その風景の二十年後にいる今のわたしは記憶の書架へと本を戻す。

父の能力を知ってから、こつこつとつくりはじめた図書館だ。記憶の術とは単なる技術の一つであるから、別に特殊能力を持たない者にも構築することは一応できる。キケロがシモニデスの話を記したのも、雄弁術の助けにしろと使用を勧めるためだったし、ルイス・キャロルも同様の技術を提唱している。単に印象的な建物や文章を想像していくだけである。活版印刷が普及するまでの何千年か何万年か、人類はこんな記憶の仕方を利用していた。無論、反論は多くある。

わたしの記憶の図書館は細部がひどく曖昧だし、収まる本にも長い文章は書かれておらず、収まる記憶も虫食いだ。加齢とともに欠損部分はむしろ増えた。体裁を真似してみただけのことであり、この図書館を画に描いてみて、自分の絵心にも絶望し終えた。

もしもわたしが記憶の街を精緻に構築できたなら、父は姿を現すだろうか。父の記憶にわたしが登場したように。全く筋道は通っていないが、何故かそうなるように感じる。

協力者Aと呼ばれたわたしだ。

エミュレーション、と考えてみる。計算機の中で計算機を回す。計算機の中にソフトウェアとして計算機を書く。昔のソフトウェアを実行するのによく使われる。以前存在したハードウェアをもう一度機械として実現するより、そうする方が手っ取り早い。逆エミュレーション、と考えてみる。何かを何かに埋め込むのではなく、計算機の中から勝手に一台、計算機を取り出してみる。膨大に渦巻き連関するソフトウェアから一部を切り出し、小さなハードウェアとして実現することは常に可能だ。ハードとソフトの間には、固さの決まらぬぼんやりとした領域がだらだら広がる。

教授の著書の補遺は、そんな技術についての考察にあてられており、学術書の末尾にありがちな論理の緩みと自由連想が広がっている。まだ補遺に収めている分、良識的だ。拡張APLの記述力の助けを借りて父の思考過程を想像してきた教授は、

「以下は妄想に属するだろう」

と前置きして、著書を閉じにかかっている。

計算機の中の計算機。そんな比喩(ひゆ)を用いて父の記憶の街の登場人物たちを考えている。父というプラットフォーム上に展開された人物たち。父の求めに応じて活動し、虚偽の過去を産み出していく。そんな考え方を一旦(いったん)捨ててみるのはどうかと提案している。

「計算機の中に存在する複数の計算機。エミュレートされる計算機がまた別の計算機たちをエミュレートする過程をこれまで見てきた。最後にその全体像を考えたい。そうした形で枝分かれしていく計算機の総体は、どんな形をしているだろうか。無限に入れ子になっていく計算機の巨大な樹(き)だろうか。わたしはここまで、対象者のアレンジメントを、対象者を幹とする巨大な樹として扱ってきた。幹の先は、膨大な数に枝分かれする。

対象者の記憶容量が事実上無限であったことを思い出そう。無限においては、奇妙な性質が存在している。たとえば自然数における奇数と偶数の数は等しい。奇数を小さな方から並べ、奇数番目と偶数番目を取り出しても、やはり元のまま等しい無限個の数を含む集合がそこにある。無限を二つに分け続け、同じ大きさの無限を無数につくり出すことが可能だ。

　わたしは今、こんなことを考えている。一番最初の計算機が、エミュレートを行い続けた果ての果て、自分の中に構築された計算の枝の末端の計算機たちにより、並列的にエミュレートされているような状態を。互いの手を描き合うエッシャーの絵のような使い古された比喩と言われることは承知している。しかしわたしが考えるのはそうしたものとは異なっている。全（すべ）ての要素が、ある要素に含まれており、そんな要素が集まって、全ての要素を形成している。そんな状態を想像している。その繰り返しを貫く線が、対象者なのだと今は思える」

　こんなあたりで良いだろう。わたしが教授の著書に没頭しつつも、本人に直接連絡をとろうと思わなかった理由も知れたはずだ。そんな想像は奔放にすぎ、情緒に流れすぎている。こんな発言に対して情緒という語を持ち出さなければならないのは、驚くべきことでもあるけれど。科学者を名乗る人物に数理で味付けされた仏教思想を説かれるほど五月蝿いことは世に少ない。

それでも父の記憶の街の運命について考えるのは、やはり教授の著書の影響だろう。父が活動を停止することにより、街は一体どうなったのか。全てを巻き込み消えた、とするのが正気ではある。

それでも、と考えてみることがある。父の記憶は本当に記憶だったのだろうか。短期記憶を長期記憶に置き換えるという手続きは、進化の過程で獲得された機能のはずである。純然たる物質めいたウイルスに、普通の意味での長期記憶があるとは考え難い。

わたしは今、進化について考えている。人間が潜在的に感じる恐怖の一部は、進化の中で得られたものだ。多くの人が硝子を爪で引っ搔く音を嫌うのは、その音がマカクザルの警戒声と似ているからだという話を聞いたことがある。真偽は横に置くとして、別段人は、マカクザルが蛇を目にした光景を記憶しているわけではない。それは脳に刻まれている、記憶以前の本能だ。父は本能を風景として目にしていただけなのではと考えたりする。もっとも進化という単語は、精神分析や心理実験という言葉と同じく、使い勝手の良すぎる牛刀なのだとは理解している。

今わたしは、父の脳が活動を止めていく過程を想像している。

夜が空から降りてくる。脳の機能は順次止まって、父の街は綻びはじめる。街は一体どんな順序で消えていくのか。脳の機能は局在しているそうだから、全ての街で何かが一息に消えるという公算が強そうではある。言語野が機能を止めて、全ての街から言葉がまず吹き払われる。聴覚野が機能を止めて、音が消える。視覚野が機能を止めて、夜が降りる。

それとも、こう考える。どうせ脳機能などというものはよくわかっていないのだから何でもありだ。まず記憶の街で夢見られる街が消え、次に記憶の街が消える。街から人の姿が消えて、父は一人街頭に立ち、自分の体を眺めまわして、ようやく自分が一人であることに気がつく。

あるいは逆で、父はまず記憶の街を喪って、夢の街へと退避する。夢の街も崩れはじめて、父はまた新たな夢へ逃れ去る。脳が崩壊するのにつれて、どんどん夢へ奥まっていく。物理的な脳が崩壊しきるまでには有限の時間しかかからないから、この過程は停止する。あるいは、アキレスと亀の話のように無限に続く。

父という物理構成がなくなっても、思考はそれ自体で自律するかも知れないという教授の見解をわたしは支持できそうにない。それが進化の中で構築された、集合的無意識とでも呼ばれそうな誰もの脳の中に眠る堅固な街なのだとも思えない。

わたしが一等気に入っている想像はこうだ。

記憶の街が崩壊するのに気づいた父は、時間を街へ横倒しにする。無限を自在にするのなら、そんなことだって可能なはずだ。ここに現在の街があり、一町進んで一時間後の街がある。二町進めば二時間だ。遥かな先で本能という街に繋がる。

「一時間とは何時間か」

そう問うた父は、こんなことを考えていたのではないかと今では思う。

そこには、人生を横へ並べた街が広がる。走馬灯を回すのではなく、切り展いて横へと広げる。時間の先に待ち構える崩壊を避けようとするかのように。父の十三歳以前の記憶において、様々な年齢の母が登場したこと、姉やわたしが登場したことを考え合わせて、ありえないとは言い切れない想像だと思う。

「ワトソン君」

と暗さを増す図書館の中でわたしは呟く。

「君がアフガニスタンから帰ってきたところであるために、君は医者風に見え、軍人の気配をまとい、日に焼けて、腕を怪我（けが）している必要がある」

「何故それを」

いつも愚直なワトソン博士の返答にわたしは笑う。

「知っているからさ」

語られなかった無数の事柄があるからといって、何かは起こることをやめたりしない。整合的な過去を想像して、推理を補強していくこと。それも大変結構なのだが、別段そこへ留まる必要はないだろう。過去も未来も時間に連なるものである以上、整合的な未来から、過去を補強する方法だってあるはずだ。

6

二本の右手が伸びてきて、書棚の同じ本へと至り、ぶつかる。

それはいつ起こった出来事だろう。大人が子供に問われてはぐらかすのに丁度よいあたりのお話だから、母が創作したものとも思える。

父の夢の話をしてきた。夢の夢の話もしてきた。このお話を閉じるにあたり、父の夜の話で締めようと思う。父にとっての夢は常に明晰夢の形をとっていた。レム睡眠のみで構成された父の眠りは、その驚異的な記憶力の元となったと考えられる。父が夢と呼んでいたのは、レム睡眠から別のレム睡眠に切り替わった先の知覚にすぎない。

その現象はおそらく父が三十代を迎えるあたりで発生した。

「意識がね、途切れるようになったのです」

父が休憩の間の茶飲み話で一体何を言いだしたのか、教授は途方に暮れたらしい。

「記憶に断絶が生じるのです。まあ歳のせいなのでしょうが、はじめのときは驚きました。一旦なにかが途切れてしまえば、どうやって連続していると確認できるわけなのですか」

心底不思議だと言いたげだった。

「それはもしかして」

睡眠なのでは。教授が父に眠りという現象を説明するには、長い時間が必要だった。父は既に眠りを理解しているつもりでそれまで暮らしていたわけだから。嚙(か)み合わない問答を何週間にもわたって続け、父はどうやら理解に至った。教授は、自分が説得に成功したわけではなく、父が不意に目を上げたのだと記している。

「誰もがみな、こんな恐怖に毎日耐えているわけですか」

全ての物を、いちいち異なるものとして認識している男は動揺していた。

「睡眠は人間に必要な現象です。体を休めるだけでなく、頭の方も休めなければ」

「十分に休んでいると思っていました」

がっくりと肩を落とした父の姿に、教授はかける言葉を喪った。まさかそんな歳になるまで眠りを知らずに過ごしていたとは、想定の遥かに外側だった。確認のために聞いてみる。

「あなたも横になるのでは」

父は力なく頷(うなず)いて言う。

「そうするものだと思っていました」

皆がそうしているので従ったのだと、怖(おそ)ろしく無抵抗に父は続けた。横になっている方が、父の言う睡眠状態、夢の街に入りやすいのだとは認めた。

「暗闇ですよ」

父は力なく言ったとされる。

「明るい間に寝る人もいます」

教授はひどく馬鹿げた言葉を返したが、父はすがるように教授を見つめた。父にとっての睡眠とは、異なる街へ移動することだったから。そういうことではないのですと教授に告げられ、再び肩を深く落とした。父は三十代のはじめからその時に至るまでの二十年間、意識の断絶を伴う睡眠は自分に固有の現象なのだと考えていた。ただの機能不全であって、病気のようなものなのだろうと。老化のような細かな不具合の積み重ねであり、症候群だと。そんな事態が自分以外のあらゆる人に、生まれたときから生じていると、父はようやく知らされた。

「それでどうして成り立つのです」

そう問われても答えようなどありはしない。

「誰もが同じ舞台で目覚めると、どうやって確認すればよいのです」

ほとんど泣き顔で教授に迫った。父にとっての睡眠は、意識は連続したままの切

り替わりである。自分の頭がどうにかしはじめ、一人、道に迷うのならよい。概ね
そうした人生を父は送ってきたわけだから。だが全員がということならば、誰が自
分の舞台を知っているのか。

ある朝／グレゴール・ザムザが／恐ろしい／夢から／目覚めると／彼は／自分が／ベッドの／中で／一人の／グレゴール・ザムザに／なっているのを／発見した。

全く同じ文面を持つ、二つの『ドン・キホーテ』のように。全く同じ配置を持つ、現実の街と無数の記憶の街のように。全く同じ自分自身であるかのように。

父は、瞬間ごとに完全に異なるはずの自分が、全く同じ自分でありうることに気がついた。今自分が浮かぶ宇宙には他の無数の、あったかも知れない宇宙、ありうる宇宙が重なっており、そのどれもが全く同じであることに思い至った。

夜が宇宙を隔てることに気がついた。

全ての本は全く同じことを書き続けているのだと、自分がいかにランダムにタイプライターを打ち込もうとも、全く同じものを作り続けているのだと、父へ啓示が訪れた。ランダムに並ぶ文字たちからも同じものが読みだされる。偶然に訪れる文字でさえ、意表を衝く機能は持たない。

ただ夜だけが、無によりはじめて、父の記憶の牢獄は破られる。

「それでは」

小刻みに震える体に比して、父の声は穏やかだった。

「わたしは無を、読むことにしましょう」

父は意を決するようにそう告げた。

そのままふらふら立ち上がり、支えようとする教授の腕を撥ね除けた。よろめき、教授の腕を摑み、強く爪を喰い込ませ、目を見開いて教授を見つめた。唇を固く引き結び、顎を強く引いてみせ、押し退けるように体を離し背を向けて、踏み締めるように歩き出した。

戸口のところで倒れたという。

そのまま二度と立ち上がることはなかった。

多くをつけ加える必要はないだろう。もっともらしい解釈が必要なこととも思えない。医師の診断は脳梗塞だった。教授の対応が迅速だったという事実は記しておきたい。

こうして夜の帳は開き、わたしは眠ってしまった姪を背負って、家への道をゆっくりと歩く。

「こんな晩だったな」

戯（たわむ）れに言うのは無論わたしだ。百年はそのうち経（た）つだろう。今は文化五年の辰年（たつどし）ではないし、背中の姪も急に重くなりそうな気配は見せない。帰り道の一角に街灯の切れたひと隅があり、八寸角の石が腰ほどの高さに立っている。

〝表には左り日ケ窪（くぼ）、右堀田原とある。闇だのに赤い字が明かに見えた。赤い字は井守の腹の様な色であった〟

ようやくのところかろうじて、わたしが改変したには違いない、これが記憶だ。わたしの記憶ではない証拠には、この風景は『夢十夜』に登場する。いささか有名すぎる気はして苦笑が漏れる。全く無益な仕業なのだが、二十年の歳月を経て、歳を重ねて様々緩み、実際に起こった事柄のようにこうして感じられるところまで来た。このまま道を左へ進めば、夜間営業中の書店へ至る。

「わたしは、ようやく少しわかった気がするんだ」

記憶の中のわたしは呟く。背中の姪は静かに寝息を立てている。

「無限の記憶ということがね。ルリヤも教授も心理学者だったから、対象者の記憶を無限とみなして満足していた。でもそれは、少しおかしい」

わたしはゆるやかに寝息を立てる姪に話し続ける。

記憶術師は、長い文章を記憶するのに、圧縮を用いる。短い単語を長い単語に対応させて、長い単語を思い出すための引き金とする。でもそこには問題がある。ある長さの単語よりも短い単語の数は、ある長さの単語数よりも少ない。いちいち名札をつけようとしても、名札の方が足りないのだ。だから無限の全(すべ)てを圧縮することなどできない。原理的に。

どうでもよい細部だろうか。多分おそらく。

それでもわたしは歩きながら考えている。それが答えだと確信しながら。父は最初から言っていたのだ。

「妻とはこの街で出会った」の意味は、

「記憶の構築の仕方」の意味は、

「同じ川」の意味は、
「妻を読む」の意味は、
「見失う」の意味は、
「良い夜」の意味は、

前行の意味が、次の行だと主張していた。それは多重の分節化だ。一段階目は、妻とはこの街で出会った（きおくのこうちくのしかた）と読む。そのルビはは当然、きおくのこうちくのしかた（おなじかわ）と読まれて以下同様に寄り添っていく。つまりこうなる。

妻とはこの街で出会った（きおくのこうちくのしかた）（おなじかわ）（つまをよむ）（みうしなう）（よいよる）

こうして多重のルビが積層された文章が、

「妻とはこの街で出会った」

の意味をなす。父の記憶術はそんな仕方で展開していた。

　これはおそらく、圧縮を示す名札の不足を補うために編み出された技法なのだ。記憶の目印を付与するために、父は夢の中の札をも利用した。それをお話として操作していた。要素を要素間の関係と対応させることで、記憶容量を増大させた。結果、渾沌（こんとん）を呼び込むことになったわけだが。

　当然、これも逆なのだろう。初めに渾沌があり、父はそれを読む方法を徐々に身につけていったのだと思う。最終的には、渾沌自体を読むに至った。ランダムに配置されたＡＰＬの記号。どの記号も均一な割合で登場するその文章は屹度（きっと）、多重のルビを重ねて書いてしまった結果だ。透視図をひたすら重ね描きして、真っ黒な平面が現れるように。文字の出現頻度が等しくなるように注意深く、父は多重に符号化を行っていった。

　符号化による冗長度がゼロとなるのは、あるいは同じことだが、雑音のない通信路における情報伝送効率が最大になるのは、記号が等頻度で現れる場合だから。母音を欠いたアラビア語の表記を漢字に開き、漢字を仮名に開いてみせて、仮名を更に開き続けていくように。展開するごとに現れてくるお話がやがて輪を描き、何かの意味を固定する。

無理もないと今なら思う。

――他の言いようは思いつかない。

では、読み出そう。父の残したランダムにしか見えない文字の並びから途切れ途切れに、思うがままに呼び出されて構築された、わたし自身の細々として貧しい記憶の街を、訥々と。

深夜営業の書店の扉を、姉を背負った父がくぐる。

わたしは今や父に似ていて、小さな姪は幼い姉にそっくりだ。

書棚を見つめる母が振り向き、こちらに向けて微笑んでいる。

「遅かったのね」

と母は言う。

「随分、遅かったじゃない」

と笑う。すまない。時間が、とても長く必要だった。

「ご覧。わたしたちの孫だよ」

父とわたしは、肩を傾け、背中に眠る姪を母へと見せる。

「ええ、知っていますよ」

母は細い指を伸ばして、そっと姪の頬へと触れる。

「見えぬ山路を越え往(ゆ)くときにゃ」

母は歌い、

「鳴かぬ烏(からす)の声もする」

わたしも歌う。母は少し考え込んで、瞼(まぶた)の裏に記された文章を読むように目を瞑(つむ)って暗唱する。

「鳥啼(な)く声す夢覚ませ」

見よ明け渡る東を。父はその続きを呑(の)み込み、静かに首を横に振る。

「良い夜だよ。少し歩こう。この子も返してやらないといけない」

こうしてわたしは、協力者Aとしての役目を終える。川沿いの道を並んで歩き、母の手を引き飛び石を渡る。ねえ、と呼びかける声に振り返る。

「わたしたち、どうやって出会ったのだったっけ」

母がからかうように笑っている。忘れてしまった、忘れてしまった。ようやく忘れることができたんだねと、母がわたしの額に手を伸ばす。母はいつも笑っていた。結局のところ煎じ詰めれば、この光景を呼び出したのは、わたしが見ていた母の笑顔だ。特に孝行もできなかったが、せめて誰にも否定を許すつもりはない。別に誰のためでもなく、厳然としたこれが記憶だ。

あまりにも単純な事柄だ。

飛び石の果てる向こう岸には、遅い帰りを心配したのだろう、腕を組んで仁王立ちする姉の姿が見える。母は棒切れのように突っ立つスカート姿の姉を眺めて、溜息を小さくひとつつく。

「今、戻ったよ」

父は母にそう告げる。

「今、戻ったよ」

小言の山を聞き流しつつ、わたしは姪を背中からおろし、姉に手渡す。姪がむずかり、消えていく何かを捕まえようとするかのように、蛍を追って小さな掌を夜へと広げる。いつから握っていたのだろうか、丸く赤いビー玉が夜の中へ走り出る。

解説

奥泉光

　本書は二〇一一年九月に発行された円城塔の小説集『これはペンです』を文庫化したものであるが、同じ年の十一月六日付け『朝日新聞』に自分は同書の書評を書いた。最初にそれを引用しよう。

　小説は様々な主題を軸にして書かれる。それは恋愛であったり、暴力であったり、人生の夢や挫折であったりする。だが、多くの優れた小説が、それら多様な主題の裏側にもう一つの主題を隠し持っている。小説とは何か？の謎である。小説を書くこと自体が小説の主題となる、いわゆるメタフィクションは、このジャンルを根本において特徴づけているといってよい。

　小説とは何か？　それは文字の一定量の集積からなる何かである。という以上の定義をするのは意外に難しい。だが、この定義では電話帳も小説ということになってしまい、いや、電話帳もまた小説とみなしてよいのではあるまいかと、考えてみなかった小説家は少ないはずだ。小説を細胞に比すれば、その細胞膜は外部に広がる文字の海に絶えず溶け出して、不定形なまま遊動しているのであり、この輪郭の曖昧さこそが、単なる物語でも情報でもない、小説としか呼びようのないこのジャンルの力の源泉なのだ。

自動的に文章を書く機械を発明した叔父からコンピュータ・サイエンスを学ぶ姪に届く手紙。これを軸に展開する一篇は、小説の謎を前景化した小説といってよいだろう。ここでは書くことをめぐる不思議が奇抜で魅力的なアイデアとともに展開される。たとえば叔父の手紙は、各面にアルファベットが印された骰子状の磁石や、電子顕微鏡でしか見えない分子で書かれていたりする。小説の輪郭どころか、文字という記号の輪郭さえ溶け出しているのだ。

科学用語を多用して書かれた文章を読みにくいと感じる読者も多いだろう。けれども、本篇には小説の謎が疑いもなく匂いたち、物語をただ欲しがるのではない、本格的小説好きの読者であるならば、充満する虚構の香りに魅惑されずにはいられないだろう。小説の可能性を押し広げる言葉の運動、その放つ煌めきがここにはある。

新聞書評欄は字数が限られる。しかし、であればこそ凝縮された形で、本書の魅力を伝え得ているのではないかと思う。ここでは三年前の書評を補足し敷衍する形で解説の任を果たしたい。

まずあらためて強調すべきは、登場する「奇抜で魅力的なアイデア」の数々である。誰も見たこと聞いたことのない「新奇なもの」を虚構の形で提示することが小説＝novel元来のあり方であるならば、本書にはまさしく小説の名にふさわしい二つの作品が収められている。十九世紀西欧に起源を有し、日本語文化圏でも二十世紀一〇年代には成立して小説界を制圧したリアリズム小説、その傍らで細々と命脈を保っていたノヴェルの精神が、二十一世紀日本語小説の風土のなかで新たに花を咲かせ、いきいきと躍動する感がある。円城塔は自然科学の知識を生かした作風で知られるが、近代初期の西欧において、科学と小説、この二つがなにより「新奇なもの」の代表的ジャンルであったことを思うとき、円城塔のような作家こそが小説の伝統の正統な嫡子であるとすら云いたくなる。

もちろん奇抜なアイデアだけでは小説にはならぬ。ある朝目覚めたら虫になっていた。女のいる砂穴から出られなくなった。気がついたら鼻がなくなっていた。思考を物質化する海があった。地球の生物進化は太古に飛来した宇宙人の仕業であった。人の生き血を吸うくノ一がいた……等々のアイデアから出発して、詰まらない小説を書くことはいくらも可能だ。と云うより、大概は詰まらなくなる。つまりは当然ながら、アイデアを具体化し堅固な虚構の建造物となす想像力、構想力が問題になるので、書評では触れられていないこの点に注意を喚起しよう。

本書には「これはペンです」と「良い夜を持っている」の二篇が収録されているが、ここでやはり書評では言及されていない「良い夜を持っている」につくならば、本篇の中核をなすアイデアである「超記憶」を持つ男、すなわちあらゆる記憶が消えることなく保持されてしまう人間、と云う奇想そのものは、あるいは思いつく者があるかもしれぬ。そうした「病」を抱えた人が実際に存在し、紹介されていることもあるのだろう。だが本篇が素晴らしいのは、特異な能力を持つ人間だけが体験しうる驚異の世界が、言葉でもってリアルに描出される点にある。ここでリアルとは、「現実」に近接していると云う意味ではなく、読者の感性に食い入る虚構の質感の謂いである。「超記憶」を持つ者は、夢と現実の別も、過去と現在の別も失い、知覚を過る他者が誰であると同定することもできぬまま、不定形な世界に生きることになるのだが、その不可思議で魅惑的な世界の感覚が鮮やかに描出され——とはつまり想像力を駆使することで作者が作り出したと云うことなのだが、その巧まれた鮮烈さが、仄かな叙情性をさえ孕んで読者の心に迫る。奇抜なアイデアを軸に虚構を構想し、科学知識に支えを得つつ、のびやかに発動する想像力の働きにこそ本篇の魅力はある。

さらにもう一つ、奇抜なアイデアから出発する想像力が強い批評性を発揮する点も再度云わねばならぬだろう。批評性とは惰性のなかで固着し自明化した認識やイメージを破砕する力を云うわけだが、「これはペンです」に今度はつくなら、「書く」ことそれ自体を主題にした、この魅力あふれる一篇を読み進むなかで、自明なものと考えられている「書く」行為が、きわめて謎めいた営みとして浮かびあがるのを読者は覚えるだろう。書くべき事柄が私たちのなかにあり、それがペンやキーボードでもって書かれ、文章となる、と、人は考えて疑わぬけれど、言葉を記すとは、事物を記号となし、その記号と或る関係を結ぶことなのであり、その関係の仕方は、私たちが「書く」と考えている行為の範疇を遥かに越え出た、目眩を呼ぶほどの広がりがある事実をこの小説は示し出す。ものを書くとはなんと不思議な営みなのだろうと、感じ取らぬ読者はあるまい。

小説についても同じだ。これは書評にも書いたが、私たちは日頃、小説は小説だとただ当たり前に考えているけれど、小説と小説でないものとの間に明確な境界はなく、小説とは広大な言葉の海に漂う輪郭の曖昧な生き物のごときものなのであり、であればこそ、私たちの生きる世界、すなわち私たちが言葉で認識する世界を、思いもよらぬ仕方でかき回し、揺るがし、そうすることで新たな認識の可能性をひらくだけの力を持ちうるのだと、この円城塔の小説は教えてくれる。すぐれた小説はかならず小説論なのだ。

書評に書いた言葉を繰り返そう。物語をただ欲しがるのでない、本格的小説好きであるならば、いますぐ本書を手に取るべきだ。

（平成二十六年一月、小説家）

この作品は二〇一一年九月、新潮社より刊行された。

これはペンです

新潮文庫　え－24－1

平成二十六年三月一日発行

著者　円城塔

発行者　佐藤隆信

発行所　株式会社新潮社

郵便番号　一六二―八七一一
東京都新宿区矢来町七一
電話　編集部（〇三）三二六六―五四四〇
　　　読者係（〇三）三二六六―五一一一
http://www.shinchosha.co.jp

価格はカバーに表示してあります。

乱丁・落丁本は、ご面倒ですが小社読者係宛ご送付ください。送料小社負担にてお取替えいたします。

印刷・大日本印刷株式会社　製本・憲専堂製本株式会社

ISBN978-4-10-125771-6 C0193